Peter Merwin

Ein Robinson vor dem Tore und andere Erzählungen

Peter Merwin

Ein Robinson vor dem Tore und andere Erzählungen

ISBN/EAN: 9783743626102

Hergestellt in Europa, USA, Kanada, Australien, Japan

Cover: Foto ©Andreas Hilbeck / pixelio.de

Weitere Bücher finden Sie auf **www.hansebooks.com**

Ein Robinson vor dem Thore

und

andere Erzählungen

von

Peter Merwin.

Leipzig.
Verlag von Carl Reißner.

Inhalt.

	Seite
Ein Robinson vor dem Thore	1
Carl Müller	67
Der Alte und sein alter Hund	95

Ein Robinson vor dem Thor.

Ueber den Reitweg der Anlagen trabte eine Cavalkade von zwei Herren und einer Dame. Sie, die letztere, war auf ihrem kopfnickenden, schwarzen Rappen eine auffällig schöne Erscheinung mit den Schlangenlinien der Schönheit in den Conturen ihrer üppig schlanken Gestalt, ihrer stolzen, selbstbewußten Haltung, und dem zurückgeworfenen Kopfe mit den langen schwarzen Locken. Am meisten bannten aber den Blick des Beobachters ihre Gesichtszüge, deren tadellose Schönheit mit einer junonischen Herbheit und Strenge zersetzt war, welche dem ganzen Wesen das Gepräge der Unnahbarkeit verliehen. Weit ab von jener vielbesungenen „Lieblichkeit," „Süßigkeit" hochgeborner Zerbrechlichkeit on horseback, wie sie oft jungen und alten Plebs auf den Straßen zum staunenden Stillstehn bringt, war dies eine Schön=
heit nicht trotz, sondern wegen ihrer zurückweisenden

Herbheit und Strenge: dies Weib war zu schön, um bloß anmuthig zu sein.

Die beiden Cavaliere unterhielten sich mit ihrer Dame in zwar stark umwerbender, aber ebenso respectvoller Haltung. — Sie unterhielten sich mit ihr, das heißt: sie unterhielten s i e, während die Dame höchstens durch ein unmerkliches Kopfnicken oder die pantomimische Bewegung ihrer Reitgerte antwortete; ihre Worte schienen ihr zu kostbar zu sein, um sie an die herkömmlichen, oberflächlichen und albernen Galanterien eleganter Anbeter zu verschwenden. Zuletzt aber schienen die bloßen Pantomimen nicht mehr auszureichen; sie sprach in herbem, wegwerfendem Tone:

„Meine Herren, wissen Sie von nichts Anderm zu sprechen als von der Schönheit Ihrer Pferde und von meiner Schönheit? Erzählen Sie mir zur angenehmen Abwechselung doch auch einmal etwas vom Wetter."

Wie um sich nun von einer mehr verführerischen Seite zu zeigen, da es mit der Unterhaltung nicht glückte, ließ der eine Herr, der in jeder Bewegung etwas Schneidiges an sich hatte, seinen prachtvollen

Schimmel courbettiren. Sie waren eben einer starken Biegung des Reitweges nahe, da setzte er sein Roß in einen eleganten Galopp.

„Herr Baron, wenn Sie auch nicht die polizeilichen Gesetze achten, so achten Sie doch die Gesetze der Menschlichkeit: wie leicht können Sie in Ihrem scharfen Galopp einen Menschen, den wir von hier aus hinter der Wegebiegung nicht sehen können, überreiten."

Aber der elegante Cavalier, augenblicklich mit der Unerbittlichkeit eines Marmorgottes begabt, galoppirte weiter.

In der That befand sich, bisher den Augen der Cavalkade verborgen, dicht hinter der Biegung des Weges ein kleiner barfüßiger Junge, der sprungweise, gebückt im Sande des Reitweges suchte. „Und suchend folgt er ihren Spuren, von ihrem Anblick hochentzückt," — nämlich den Spuren der Pferde daselbst, die er eifrig in einem Körbchen sammelte: ein köstliches Düngemittel. Nicht weit davon saß auf einer Bank müßig ein junger Mann und starrte in das Dickicht der Allee. Und richtig, der elegante Reiter kam in sausendem Galopp auf den goldene

Schätze suchenden Jungen los, ihm folgten die beiden andern im leichten Trab. Der junge Mann sah die Gefahr des Jungen. Mit der Schnelligkeit des Gedankens sprang er auf und stellte sich vor dem Gefährdeten dem Rosse entgegen. Es war ein imponirender Anblick: diese Menschengestalt, hoch aufgerichtet, dem wild aufbäumenden Pferde, in der hoch erhobenen Hand den Hut, entgegenwehrend, und es ehern unbeweglich anblickend. Das Thier stieg, zurückscheuend, kerzengerade vor dem kühnen Hinderniß empor, so daß seine Vorderhufe über dem Haupte des Mannes schwebten. Der elegante Cavalier glitt unelegant lächerlich aus dem Sattel in den Sand. Dann senkte sich das Pferd wieder nach vorn, mit den Hufen auf den ihm entgegen stehenden Mann zu. Er war verloren — —, nein, doch nicht; die Vorderbeine des Rosses glitten an dem Leibe des sich seitwärts beugenden jungen Mannes entlang und kamen so zur Erde. Die Wange des letztern, stark zerschunden, blutete heftig. Auf einen Wink der Dame sprang der zweite Reiter vom Pferde und half ihr aus dem Sattel. Mit der Schleppe über dem Arm und in der andern Hand die Reitgerte eilte sie, un=

bekümmert um ihre weibliche Grazie, aber vielleicht gerade um desto graziöser, auf den verletzten Retter zu, während der andre Reiter sich mit seinem im Sande wälzenden Mitcavalier zu schaffen machte. Sie riß ihr battistenes, wie ein orientalischer Morgen duftendes Taschentuch aus ihrem Kleide, drückte es gegen die blutende, von den Stoppeln eines mehrwöchigen Bartes rauhe Wange des jungen Mannes, indem sie mit leiser, von Gefühl durchzitterter, nachklingender Stimme sagte: „Sie Aermster! Sie edler, edler Mann!" „Nicht edler Mann, sondern bloß Lehmann," erwiderte er jovial, indem er unter dem weichen Drucke dieser zarten kleinen Hand mit der rührenden Geduld eines Lammes still hielt. Die Sache war in der That nicht so schlimm, als sie Anfangs ausgesehen hatte. Die Wunde ließ bald nach zu bluten. Es war köstlich anzusehn, wie die schöne junge Dame das stoppelige Gesicht des herabgekommen ausschauenden jungen Mannes mit ernsten Kennerblicken eines Arztes untersuchte. Es konnte nicht ausbleiben, daß seine Blicke mit den ihren in ein ihm hoch gefährliches Kreuzfeuer geriethen. „Ah, Fräulein," sagte er lachend, „das war much ado about nothing; aber solch' einen Lärm," und er deutete auf ihre Hand, in der sie noch das blutige Taschentuch hielt, „läßt man sich um ein solches Nichts gern gefallen; sogar ein recht tüchtiges Etwas nähme man um solchen Preis gerne hier."

„Also auch Sie, kühner Ritter, können die Schmeichelei nicht lassen?" entgegnete sie. Aber das sagte sie diesmal mit einer so weichen, zitternden Stimme und so innigem Blicke, daß ihre gewohnte Umgebung, wenn sie das gesehen hätte, geglaubt haben würde, sie wäre eine Andre. „Aber wenn ich bedenke, was das hätte werden können, als Sie vor dem bäumenden Pferde standen, — mir schwindelt jetzt noch."

„Immer fort mit Schaden — so oder so! je eher desto besser! Freilich nur eine Schramme — leider! Es wär' so schön gewesen — es hat nicht sollen sein. Nun denn, vielleicht ein ander Mal." Das stieß er mit einem bitter ernsten Zug um den Mund und so lebensmüder, entsagender Stimme hervor, daß die schöne Dame ihm verwundert mit tief forschenden Blicken in die flimmernden Augen schauete. Sie hatte schon eine Antwort —, eine Frage auf den Lippen, da kam aus einem Obsthäuschen quer gegenüber der Besitzer herzu: „Ah, Sie sind das, Herr Lehmann? ich hab's mit angeseh'n; kommen Sie nur zu mir herüber, damit Sie sich waschen und ordentlich reinigen können."

Das corpus delicti, der schatzsammelnde Junge, hatte sich schon längst aus dem Staube gemacht.

Inzwischen hatte sich auch der gestürzte Schneidige mit Hülfe des andern Cavaliers emporgerappelt, auch er hatte keinerlei nennenswerthen Schaden genommen. Mit seinem Roß am Zügel trat er herzu und sagte, auf das Taschentuch deutend:

„Na, das Alles war solcher Umstände gar nicht werth, gnädiges Fräulein —"

„Bitte recht sehr," erwiderte sie schroff, „ich bin nicht gnädig, und wenn ich's wäre, so doch nicht gegen Sie, Herr Baron."

„Nun dann, ungnädiges, gnädiges Fräulein, der Junge ist ja schon über alle Berge; solche Pöbelbrut hat keine Augen im Kopfe; wohin man tritt, ha man gleich ein Dutzend unter den Stiefeln. Dieser Plebs —"

„Bitte, Herr Baron, Sie wissen, auch ich bin

Plebs, nur von einer reichen Erbschaft vergoldet. Ihr Zartgefühl brauchte gar nicht einmal chevalresk zu sein, um Ihnen ein für alle Mal zu verbieten, in meiner Gegenwart so prononcirt den Pöbel im Munde zu führen."

Geärgert wandte sich der Baron von der Dame ab zu dem jungen fremden Mann, der sich soeben den bei der Affaire verloren gegangenen Klemmer wieder aufgesetzt hatte und in der Hand das Taschentuch hielt, das die Dame, damit er sich selbst weiter bediene, ihm überlassen hatte. Zu ihm sprach der Schneidige mit seiner durch den rechten Mundwinkel schnarrenden Stimme, indem er die Reitgerte schwenkte:

„Hören Sie — Sie, Mensch! Wie konnten Sie sich erfrechen, sich vor mein Pferd zu stellen und es scheuen zu machen, so daß es mich abgeworfen hat? Hören Sie, Mensch," und dabei fuchtelte er auf und ab mit der Gerte, „ich würde Sie jetzt auf der Stelle züchtigen, wenn —"

„Herr Baron," trat, hochaufgerichtet, die Schleppe in der einen und in der andern Hand die gezückte Reitgerte, die Augen vom Zorn blitzend, die Dame dazwischen, — so recht ein Bild der zum Strafen bereiten Gerechtigkeit —: „Wenn Sie," so sprach sie mit schneidender Stimme, jedes Wort einzeln betonend, „wenn Sie nur einen Finger gegen diesen Herrn rühren, so spüren Sie diese meine Reitgerte in Ihrem Gesichte. Der Ritter reitet wehrlose Kinder in den Grund, der Plebs rettet sie vor ihm mit Lebensgefahr, und dafür droht der Ritter dem Retter mit der Reitpeitsche. O pfui, schämen Sie sich Ihres Cavalierthums, oder vielmehr dieses sollte sich Ihrer schämen."

„Schön, schön, mein ungnädiges Fräulein, ich überlasse Sie Ihrem Geschick und Ihrem neuem Cavalier, Adio!" Damit bestieg er mühsam sein Pferd, und ritt in der Richtung, in der er gekommen, langsam davon.

Im Moment wieder in ruhiger Fassung, wandte sich die Reiterin wieder zu dem jungen Mann, zog ihren Reithandschuh von der Rechten und reichte sie ihm: „Adio, signor Lehmann." Er drückte dieselbe mit vollendeter Ritterlichkeit an seine Lippen. Sie schwang sich mit Hülfe des andern Cavaliers leicht in den Sattel und nickte dem jungen Mann mit kindlich freundlichem Lächeln nochmals zu: A rivederci, Herr

Lehmann. Der zog seinen Hut, verbeugte sich mit selbstbewußter Courtoisie und sprach mit weicher, zitternder Stimme: "A thing of beautie is a joy for ever." Dann kreuzte er die Arme über der Brust und drückte das Taschentuch, das er in der Rechten hielt, auf sein Herz.

"Nicht schmeicheln, Herr Lehmann!" drohte sie lachend mit der Gerte vom Pferde herab, — "auch nicht auf Englisch, das verstehe ich auch!" Dann warf sie einen scharfen Blick auf das Obsthäuschen, wie auf Etwas, was man später wieder zu erkennen beabsichtigt, und ritt mit ihrem Begleiter, nochmals zurückgrüßend und nickend, davon.

Als sie seinen Blicken entschwunden, ging auch der junge Mann, der bis dahin in seiner orientalisch grüßenden Weise verharrt, mit dem Mann aus dem Obsthäuschen in das letztere hinein, um sich vollends zu säubern.

So weit für jetzt mit dem nicht von mir selbst Erlebten.

Wir, gesammte Gerichtsvollzieherschaft des Amts=gerichts, hatten unsern solennen Kegelabend — draußen,

ganz fern der Stadt, in einem hübschen Vergnügungs=
garten. Der Weg dahin, mir bis dahin fremd,
führte über eine mächtig große, von Pappelalleen
und Reihen melancholisch nickender Weiden bestandene
Wiese, die von zwei Armen des Stromes umfangen,
eine idyllische Halbinsel bildete. Auf meinem Hin=
wege freilich merkte ich das Dasein eines Flußes
nur an den vom Horizont dahergrauenden Segeln
der Kähne. — Als wir, hembdsärmelig, beim besten
„Holzen," die rollenden Kugeln im besten Donnern,
die fallenden Kegeln im besten Klappern waren, sah
ich am Himmel düster sich etwas zusammenbrauen und
über die First der Wirthschaftsgebäude heranrücken.
Nach meiner meteorologischen Erfahrung konnte der
Losbruch aber noch eine ganze Weile ausstehn. Vom
Kegelschieben, — wie von all derlei Vergnügungen,
wenn sie zu lange dauern, — bereits gelangweilt,
beschloß ich dem Wetter zuvorzukommen und nach
Hause zu eilen. Aller Abmahnungen, aller Auf=
forderung zum Bleiben ungeachtet, machte ich mich
auf den Heimweg. Ein verfrühtes Zwielicht hatte
sich über die lautlose Wieseninsel gebreitet, und so
kam es, daß ich, überdies der Gegend unkundig,

mich bald auf einem ganz andern Wege, als dem, der mich hergeführt, wiederfand, — Weg, insofern Weg ein Grund und Boden ist, auf dem man thatsächlich sich **bewegt**, aber nicht insofern, als man sich darauf bewegen **soll** und **darf**. Denn durch knietiefes feuchtes Gras watete ich, immer entlang an dem unter des brauenden Himmels Widerspiegelung droben in schwärzlichem Weiß leise dahinrauschenden Strome, getrennt von ihm durch einen endlos grünen Wall von Weidenbüschen und Weidenbäumen, die das sehr hoch und steil gelegene Ufer bis tief hinab bekleideten, so daß die tiefststehenden ihres Hauptes Blätter in den Wellen badeten. Köstlich romantisch dies Alles, — nur nicht in meiner Situation. Menschen- und obdachferne Einöde ringsum; von den höchsten Kirchthürmen der Stadt keine Spur am düster nebligen Horizont zu sehn; von oben her drohend die Schleusen des Himmels, und hier unten der irdische — Feldhüter. „Pannemann kommt!" Schreckensruf! „Der Pannemann und der Gerichtsvollzieher," in der That kein übles Lustspielthema. Aber mir war gar nicht komödienhaft behaglich zu Muth. Da — war es

Illusion der Herzbeklemmung? — klang es leise, leise wie Feenmusik zu mir herauf, — von der Erde empor drang sie: erst so lieb, so schmelzend, so herz= brechend innig — bestimmte Melodien, bekannte Volksweisen, — und dann hinüberfluthend in ein Chaos wilder, unbändiger Tonmassen — aber immer leise, ganz leise, wie in Sorge vor dem Gehörtwerden. Kam die Musik mir näher oder ich ihr? Es war Flötenblasen. Und hier mußte es sein, an diesem Fleck, wo ich stehn blieb, wo dichteste Weidenwildniß vom obern Uferrand sich hinabwölbte in die hell= düstern Fluthen des Stromes; aus der Erde tönte es deutlich hervor. Elfen? Nixen? Gute oder böse Geister? Horchend neigte ich mein Haupt erdwärts: ich stand ü b e r der Musik. Die verschiedenen Seidel Bier beim Kegeln, die ganze örtliche Situation, und jetzt der unterirdische Feenreigen hatten mich in eine abenteuerlich tolle Laune versetzt, für die alles na= türlich ist, für die es kein Wagniß giebt. Beide Hände trichterförmig an den Mund legend, rief ich laut, jede Silbe einzeln betonend, in das klingende Weidendickicht hinein: „Musicirender Erdgeist! Flöten= spielender Maulwurf! hic et ubique!" Dann hielt ich wieder ein und horchte. Die Musik hatte mit einem Mal aufgehört. Wieder rief ich: „Schwört auf mein Schwert!"

„Whom have we there?" erklang es da hinter meinem Rücken. Erschreckt sah ich mich um, und da stand vor mir eine fragwürdige Gestalt: baarhäuptig mit einer Wildniß ungekämmter Haare, im Gesicht unrasirt, — bärtig konnte man weniger sagen, mehr stoppelig, Bart wider Willen, sodaß aus allem Haarwuchs nur Nase und Augen herausschauten. Und die Stiefel — keine! Strümpfe natürlich dito, Rock und Hose elegant nach Schnitt, aber längst, längst verjährt durch Gebrauch: ohne Knöpfe, die Knopflöcher ausgerissen, abgeschabt, glänzend, die Aermel etwas über die Ellenbogen, die Hosen etwas über die Waden reichend, Beides ausgefranst und zersetzt an den Enden, und um das Ganze zu vollenden, auf der Nase dieser Gestalt ein blitzender Klemmer.

„Engel und Boten Gottes, steht mir bei,
Sei Du ein Geist des Segens, sei ein Kobold —"
citirte ich in einer Anwandlung von Komik und Furcht.

„Wenn Du nur keiner bist," antwortete mein

problematisches Gegenüber, „vor allen Dingen kein Polizist; aber im Ernst, Signor straniero, was führt Dich hierher?"'

„Des Wetters Unbill: ich bin fehl gegangen," improvisirte ich, auf die Gefahr hin, daß dies noch kein Dichter gesagt hatte.

„'Nun, wer Du auch seist, — Polizei bist Du nicht; die sprechen nicht in Shakespeares Zunge. Des großen Briten Verse sind der Freimaurergruß höherer Weltauffassung. Du thust mir nichts."'

„Und Du mir auch nicht; Du trägst einen Klemmer. Und wo man Klemmer trägt, da laß Dich ruhig nieder, denn wilde Menschen tragen keine Klemmer."

„'Ja, ohne Klemmer kann ich meine eigne Nase nicht sehn. Aber nun, seien Sie mir willkommen, Sir stranger. Ich sehe, wir sind Brüder im Geist."'

Er schüttelte mir die Hand, und ich erwiderte seinen Händedruck. In diesem Augenblick aber brach das Gewitter los, das sich so lange hinterm Wolkenberg gehalten. Von der ganzen Peripherie des Horizonts zuckten himmelfeldein die gelben Feuergarben und ergossen sich zu Einem gewaltigen Wolkenbrand eine Secunde lang ineinander, während der man das Käferlein auf dem schwankenden Grashalm und die Fenster der Häuser im fernen Dorfe jenseits des Flußes sehn konnte; und die Engel im Himmel, wenn es solche gäbe, hätte sehn können. Und den eben ausgeloheten Blitzen folgte das Knittern und Knattern des Donners, unter dem die Erde unter unsern Füßen sich hin und herzuschieben schien. Kaum war der Donner verklungen, da öffneten von Neuem links und rechts die Wolken ihre Flammenschleusen zu wild zuckendem Ergusse, und so gings fort mit Blitz und Donner; aber kein Tropfen Regen fiel. Vom Zucken der ersten Flammengarbe an war mein fragwürdiges Gegenüber in eine Art rasende Verzückung verfallen, so daß mir bange wurde um ihn und mich. In wildem Jauchzen und Jubeln sprang er, die Hände mit gespreizten Fingern hoch in der Luft erhoben, gleichzeitig mit beiden Beinen umher: „Blitze, hier bin ich! seht ihr mich nicht? steigt an meinen Fingern herab in mein Herz, daß es endlich aufhöre mit seinem Gezappel. Ihr Donner, nehmt mich mit hinauf in eure Höhen, daß ich auf dem Sturm reite, wie die Helden Ossians, die da

gewesen sind." Er riß sich seine Ueberbleibsel von
Rock vom Leibe, und siehe, er hatte kein Hemd an!
„Nackt nehmt mich mit, nackt auf mich fluthet herab,
ihr Blitze, löst mich auf, ich verschwimme in euch, ich
fühle mich eine Feuersäule, verschwimmt in mir — —"

So toll ging es eine Weile. Aber gestrenge
Herren regieren nicht lange: in Kurzem war das
Gewitter vorübergezogen, und blauer, heiterer Abend=
himmel wölbte sich über uns. Matt hatte sich mein
seltsamer Nachbar ins wallende Gras gesetzt: „Ver=
zeihen Sie mir, Herr Fremder; aber wenn die Ele=
mente so aus Rand und Band gerathen, dann ge=
rathe ich in Aufregung; ich denke immer, ich soll
einmal sterben, wie der Käfer in der Sturmfluth,
wie die Feldmaus bei der Ueberschwemmung. Aber
Sturm und Donnerwetter verschmähen mich, — es
wär so schön gewesen — — aber all ihr Götter,
ich bin ja nackt; Sie denken wohl womöglich, ich
hab kein Hemd? Da liegts zum Trocknen, ich hatte
es gewaschen; und außerdem muß ich an heißen
Tagen sparsam mit dem lieben Gut umgehn."

Und er nahm etwas Weißes, das wie hülfe=
flehend zwei Arme von sich streckte, aus dem Grase.

2*

„Und hier mein Dunenbett! Weh, wenn das geregnet hätte! Ich will Beides nur gleich in meinem Palais in Sicherheit bringen."

Und er raffte einen Haufen getrockuetes duftiges Gras und das Hemd zusammen und verschwand damit im Weidendickicht, — weg war er, wie in die Erde versunken. Dann erschollen von unterwärts wieder einige Flötentöne, um sofort wieder aufzuhören — und da stand er, mit dem Rock angethan, wieder vor mir.

„Sie wohnen hier, Herr Nachbar?"

„„Ja ich wohne,"" erwiderte er mit komischem Stolz sich in die Brust werfend.

„Aber wo denn? ich sehe ja nichts."

„„Rathen Sie, suchen Sie.""

Ich durchspähte überall mit den scharfen Augen, die schon so manches versteckt gehaltene Pfandstück entdeckt hatten, Gebüsch und Erdboden, aber ich sah weiter nichts als Weiden, Weiden, Gras und Erde. Ich sagte ihm das.

Mit ausgelassener Freude sprang er umher: „Mein Palais hat die Feuerprobe gegen unberufene Neugier und Polizei bestanden — haben Sie Zeit?"

Ich bejahte, hatte ich doch meinen wackern Hausschlüssel, wie ich mich durch tastendes Drücken überzeugte, bei mir. Er lud mich ein, mich zu ihm ins Gras zu setzen. Die Hände überm Knie gefaltet, sprach er:

"Sehn Sie da drüben, Signor straniero, jenseits des Flußes, wie hineingezeichnet in die untergehende Sonne das Dörfchen? Wie lieb und freundlich blitzt es von den Fenstern herüber! Dahinter muß Friede, Eintracht und Glück wohnen, — siehts nicht so aus? — Ach, das ist eitel Perspective, köstlich zum Ansehn aus der Ferne. Aber drinnen, — puh! schauriger Kampf ums Dasein h i n t e r den Fensterscheiben wie draußen — intra muros et extra. Eine Robinsonexistenz wie die meine," und er drückte seinen Klemmer fester auf die Nasenwurzel, "ist doch nur eine von hundert Erscheinungsformen dieses entsetzlichen Kampfes: die primitivste, und vielleicht harmloser und liebenswürdiger, als der Kampf hinter Contobuch, Schaufenster mit Dekorationen und hundert Gasflammen, Equipage, Sommerfrische, Spiegelscheiben und anderem Tand. Item, in dieser Art zu existiren fühle ich mich — nicht glücklicher aber immer noch weniger unglücklich als in irgend einer andern."

„„Aber wie haben Sie sich,". interviewte ich ihn, „nur erst an solche außergewöhnliche Lebensart gewöhnen können? Fürchten sie sich denn nicht des Nachts in dieser Einöde, so menschenseelenallein?"" Ich sah ihn prüfend von der Seite an: immer und immer war's mir, als müsse ich dies Gesicht schon irgendwo gesehn haben.

„„Ja, Herr Fremder, als ich noch den Menschen= heerdentrieb im Leibe hatte, war mir Anfangs des Nachts recht gruselig. Aber jetzt? Ich mich fürchten? Etwa vor Menschen? — Bin ich doch selbst Einer, vor dem sich die Menschen fürchten, wenn sie ihm begegnen. — Die Börse oder das Leben!"" brüllte er rollenden Auges mich an, indem er mich bei der Brust packte. In ernstlichem Schrecken, wehrlos und fassungslos über diesen Angriff, zuckte ich zusammen. Mein Nachbar wollte sich vor Lachen ausschütten.

„Item der Hecht — sehn Sie, Herr straniero, solch' einen Schrecken flöß' ich ein, und nur weil ich kein Hemd anhabe. Die ganze Civilisation liegt heutzutage in der Papierwäsche. Aber was das Fürchten betrifft," fuhr er, sehr ernst sich den Klemmer auf der Nase zurechtschiebend fort, „so überfährt meinen Rücken Nachts noch fleckerweise, wie der kute Sachse sagt, oder, offen zu gestehn, noch merschten= deels eine Gänsehaut, ein Schauer vor der Heiligkeit der Nacht. Erst in menschenferner Einöde packt Einen diese Heiligkeit bei den Haaren; für ein regelrechtes Stück der Menschenheerde ist sie Illusion, Redensart. Aber hier erst hab' ich das Gruseln wieder gelernt. Alle, die sich hier erhängt haben, sehe ich Nachts von ihrem Baumast herabschweben; die sich dort im Strom ersäuft haben, triefend aus den Wassern auftauchen, und die sich eine Kugel durchs Hirn gejagt, sich aufraffen vom blutigen Rasen; und Alle, Alle kommen auf mich zu. Ja, solche Robinsonexistenz lehrt wieder an Geister, ans Spuken glauben, und wer daran glaubt, glaubt ans Jenseits, an Gott. Nicht mehr gruseln ist das Hauptsymptom des Un= glaubens. Hier auf dieser Wiesenöde bin ich wieder fromm geworden, gläubig, bet' ich bisweilen wieder. Vom letzten Hundebellen bis zum ersten Hahnenschrei drüben vom Dorfe her reicht die Heiligkeit der Nacht."

Wie erschöpft lehnte er sich an den Weiden=
baum hinter sich zurück und rückte seinen Klemmer
zurecht.

Wohin sollt' ich dies Gesicht nur bringen? Ge=
sehen hatt' ich's schon irgendwo.

Es war inzwischen ganz dunkel geworden. Ueber
der Gegend, in der die Stadt lag, war am Himmel
von hier aus eine Art von weitgedehntem Lichtschein
bemerkbar: es war der Widerschein der Gaslaternen,
der sich an die Wolken heftete. Träumerisch da
hinauf schauend, mit den Händen überm Knie, sich
wiegend, fuhr mein Nachbar Robinson fort:

„Jetzt wimmelt's auf und ab auf unsrer Via
Appia vor den Schaufenstern, in denen unter tages=
heller Gasbeleuchtung alle die üppigen Unentbehr=
lichkeiten von echtem und imitirtem Gold, von Sammet
und Seide sich spreizen; — jetzt wimmelt's, wie in
unentwirrbaren Verknotungen, auf dem Asphalt von
liebebedürftigen Nähterinnen, dem Comptoir ent=
sprungenen Schwärmen junger Leute, verwogenen
Pennälern mit der bunten Mütze, massiven Dienst=
mädchen mit ihren Unteroffizieren, Backfischen
auf Stöckelschuhen, mit falschen Gretchenzöpfen und

ewiger Musik am Arme, die ihren wattirten Lieutenant erwarten: Alles girrend, gackernd, lachend, schwatzend. Seltsam: während des Tageslichtes und des Gas= lichttages dort; vom ersten Hahnenschrei bis zum letzten Hundegekläff, geht all' mein Sehnen und Träumen nach der Menschheit dort. Seh' ich den ewigen Dom aus dem Morgennebel ragen, so denk' ich an die an seinem Fuß herumkrebsenden Generationen, die da= hinsterben, und er, ihr Machwerk, bleibt und bleibt. Unheilig ist der Mensch mit seiner unvernünftigen Ver= nunft und seinem bösen Willen, unheilig der Sonnen= tag und der Gaslichttag, dies Abendroth der Städte= menschheit. — Und nun bin ich trotz meines Sehnens nach Menschen auf meinem Eiland hier. Wenn ich in den dunkelsten Gassen meine kleinen Einkäufe in der Stadt gemacht habe, — ja, auch ich mache Ein= käufe, signor straniero," lächelte er und schob seinen Klemmer zurecht — „mit welcher Sehnsucht stehl' ich mich zurück hier in mein Reich der Weiden, Pappeln und Wasser. Hätt' ich nur Sonnen= blumen und Kürbis hier, — da würde sich's so südlich träumen: fern im Süd das schöne Spanien! Ja, diese Insel ist mein Eiland, Sie haben es entdeckt und mich dazu; pflanzen Sie die Flagge Ihres Souverains auf und ergreifen Sie Besitz von uns — —"

Es raschelte was im Grase und zirpte; ich horchte. "Das sind ein paar Feldmäuse, Herr Fremder, die sich um Platz in ihrem Bau balgen. Solch ein Robinson lernt die Sprache der belebten und unbelebten Natur verstehn; das Säuseln der Bäume, das Rauschen der Wasser, das Gesumme der Bienen, — Alles die Stimme des großen Geistes. Hier erst in der Einsamkeit lernt sich Faustens Anruf: ihr Brüder im Busch! — nicht begreifen, nein tiefinnigst fühlen. Blitz, Weide, Pappel, der Strom, Feldmaus, Kröte und Käferlein — mit ihnen Allen steh' ich auf Du und Du — — "Item, der Hecht," schloß er nachdenklich nach einer Pause.

Andächtig, wie auf eine nie gehörte Offenbarung lauschte ich auf diese seltsamen Ergießungen in so seltsamer Situation, und würde Zeit und Ort vergessen haben, wenn ich nicht zufällig mit der Hand an der Tasche vorbeigefahren wäre, in der der Hausschlüssel steckte. Dieser brachte mich im Wege der Ideenassociation auf das "zu Hause" und auf meine Familie: die Meinen werden ängstlich auf mich warten. Ich sagte ihm das und sprang auf. „Die Meinen!" wiederholte er tief traurig. Dann brachte er, sich ängstlich und vorsichtig umschauend und umher horchend, mich auf den nächsten gebahnten Weg und demonstrirte mir den weitern Weg; weiter dürfe er nicht, meinte er, wegen der Polizei.

„Und des Feldhüters . . ."

„„Deßwegen weniger; der kennt mich, weiß, daß ich ein anständiger Mann bin, und daß ich hier logire; aber wo ich meinen Bau habe, weiß auch er nicht.""

Dann verabschiedete er sich von mir herzlich mit dem Zusatz, daß er sich sehr freuen würde, wenn ich ihn noch einmal besuchen wollte. Für diesen Fall gab er mir die Kennzeichen für die Oertlichkeit seines Baues an. Gerade gegenüber am jenseitigen Ufer rage die erste Buhne in den Strom hinein; an der bezeichneten Stelle solle ich nur dreimal rufen: „Samiel, erscheine!" Dann werde er sich schon zeigen.

Lange dauerte es noch daheim, ehe ich ein= schlafen konnte. Das Bild der einsamen Insel mit ihrem Unwetter und Abendgrau und vor Allem ihres

Robinson mit seinem fragwürdigen Aussehen, seiner außergewöhnlichen Lebensweise und seinen menschenfernen Ideen wollte lange Zeit nicht von meinem Geiste weichen. Und wie konnte dieser fein gebildete Mann — denn das war er augenscheinlich — in solches Strolchenthum, eine andre Art des Campirens im Chausseegraben, hinabgerathen sein? Und wo sollte ich dies Gesicht, namentlich diese Augen, hinbringen? Gesehen hatte ich sie schon irgendwo, aber wo? Dem freundlichen Leser ist es gewiß auch schon so ergangen: ein Wort, ein Name, ein Gesicht, an sich unserm Interessenkreise so fremd wie die Fliege an der Wand, kann uns in Unruhe versetzen; uns peinigen, wie das böse Gewissen; unsre Ruhe heimsuchen, wie das Gespenst eines unbegrabenen, todten Verwandten einen Gläubigen der guten, alten Zeit, — wenn wir uns nämlich nicht auf das Wort, den Namen, und nicht auf den Ort, die Gelegenheit, bei welcher wir das Gesicht gesehen haben, besinnen können. Dieses qualvolle, unnütze Grübeln schnitt mir endlich der Schlaf entzwei.

Aber meines Robinsons Gestalt und sein grünes

Eiland verblaßten in meiner Erinnerung bald im Gedränge der Geschäfte. Einige Tage später, da ich in meiner Registratur nach einem bestimmten Actenstück suchte, fielen mir ungesucht Acten in die Hände, die nur aus dem Schreiben eines Gläubigers nebst einer beigefügten Photographie bestanden. Wie ich mich ganz zufällig des Genaueren entsann, hatte ich eine Klage dieses Gläubigers im Auftrage von dessen hiesigem Rechtsanwalt zuzustellen gehabt. Das war mir aber unmöglich gewesen, da der Verklagte nicht zu ermitteln gewesen, vielmehr, nach Auskunft des Meldeamts verzogen war, und zwar unbekannt wohin. Ich hatte deßhalb die Klage an den Rechts=
anwalt zurückgegeben und nach einiger Zeit vom Clienten den mir eben vorliegenden Brief erhalten. Darin schrieb er mir: es liege ihm sehr viel daran, daß die Klage dem Verklagten, — es war der Hand=
lungscommis Adolph Lehmann, — zugestellt werde, — wenn er von ihm auch keinen Pfennig bekomme; nur aus Princip, und sollte er ihn zum Offen=
barungseide wegen der Forderung treiben. Dieselbe betrage tausend Mark baares Darlehn, dem ver=
storbenen Vater des jetzigen Verklagten vorgestreckt;

letzterer sei dessen alleiniger Erbe; beide hätten groß=
spurig gelebt, und nun wolle er wenigstens dem
Sohne einmal zeigen, was eine Harke sei, möge es
auch kosten was es wolle. Wenn mir deßhalb der
Verklagte etwa einmal zufällig in's Garn laufe, —
was ja bei meinem Geschäft doch immerhin möglich
sei —, so wolle er mich recht sehr gebeten haben,
doch schleunigst seinem Rechtsanwalt Nachricht zu
geben, damit die Zustellung der Klage eben so
schleunig betrieben werde. Wenn auch in amtlich
ganz ungebräuchlicher, so doch recht praktischer Weise,
hatte er seinem Briefe die Photographie des Ver=
klagten beigefügt, damit ich wüßte, woran ich wäre,
wenn derselbe mir einmal zwischen die Finger gerathe.

Einerseits war es freilich ganz und gar eine
Privatsache, meinen amtlichen Functionen durchaus
fremd, behufs Zustellung auf Jemand zu fahnden
und betreffenden Falls beim Rechtsanwalt das
Weitere zu betreiben. Andrerseits aber hätte ich mich
gefreut, dem Manne diese außeramtliche Gefälligkeit
erweisen zu können; denn er war ein sehr guter
Kunde von mir, für seine Rechtsgeschäfte an meinem
Orte. Hatte er doch seinen Rechtsanwalt, der für

seine gesammte Prozeßpraxis einen andern Ge=
richtsvollzieher hatte, ein für alle Mal mit der
Weisung versehen, sich zu allen Gerichtsvollzieher=
geschäften meiner zu bedienen; und da war doch
eine außergewöhnliche Liebe der andern außer=
gewöhnlichen Liebe werth. — Was mich aber ver=
anlaßte, mich in dieses nur ein Folio nebst Anlage
enthaltendes Actenstück zu vertiefen, war eben die
Anlage, die Photographie. Sie stellte einen jungen
Mann in gewähltem, nicht flottem Anzuge, mit
einem geistreichen Gesicht, genial zurückgekämmtem
lockigem Haar und mit Augen dar, aus deren Blicken
eine Welt voll idealen Fühlens leuchtete. Aber auch
das war's noch nicht, was mein Interesse an das
Actenstück fesselte. Ich hätte brauf schwören mögen,
daß ich diese schönen, flimmernden Augen schon
irgendwo gesehen — aber wo? Nun peinigten,
stachen mein Gedächtniß zwei solche Räthsel, von
denen ich Stunde für Stunde, Tag für Tag meinen
Geist vergeblich zu entlasten suchte.

Wieder mehrere Tage später war es, — ich
war gerade in der Wohnung eines großspurigen
Schwindlers mit Ankleben des verhängnißvollen

Zettels an ein grünsammtnes Sopha beschäftigt — da durchzuckte es mein Hirn; ich wäre mit einem Heureka aus der Badewanne gesprungen, wenn ich in einer solchen gesessen hätte. Die Wege der Idiosyn= krasie sind unerforschlich; jetzt, da ich Siriusweit entfernt von dem Gedanken an die Photographie war, fiel's mir ein: der geistreich blickende junge Mann auf dem Bilde ist der Robinson, der Strolch auf der einsamen Insel; der ist er und er ist der, Beide sind identisch. — —

Die erste disponible Viertelstunde konnte ich kaum erwarten, um mir zu Hause darauf die Photo= graphie nochmals anzusehn: ja er war er, der Robinson. Aber „ich will Grund, der sichrer ist; dies Bildniß sei die Schlinge"... Ich wollte noch= mals Freund Robinson-Lehmann besuchen, um die Sache bis zur Zweifellosigkeit festzustellen; denn „der Mann, den ich gesehen, kann ein Teufel sein." Aber, war er nun wirklich er, was dann? Durfte ich dann die Vertraulichkeit, womit der Unglückliche mir entgegengekommen, so schändlich mißbrauchen? Den Zufall einer herzlichen Privatbekanntschaft ausbeuten zu amtlichen Zwecken, zum Gebühren=

liquidiren? War das nicht perfide, niederträchtig, des neunten Kreises der Hölle werth — arcivescovo Ruggieri? — Ach nein, die Sache war nicht eine Spur so tragisch: dem Gläubiger that ich einen großen Gefallen, indem ich ihm eine Schrulle — er nannte es Princip — befriedigen half, ohne daß ich dem armen Robinson im Geringsten schadete. Was war dem Hekuba, was war dem eine Klage, der Offenbarungseid! Und dann zog es mich mächtig wieder hin zur grünen Wieseninsel und seinem interessanten Einsiedler, aber mein Ehrgefühl als anständiger Bürger und Beamter sträubte sich dagegen, ohne irgend welche Veranlassung einem Strolch — denn weiter war er doch schließlich nichts — einen Besuch, einen freundschaftlichen Besuch zu machen. Jetzt aber hatte ich dafür einen ehrbaren Vorwand vor mir selber.

So machte ich mich an einem Spätnachmittage für ein paar Stunden frei.

Nach dieser kurzen Zeit des Wiedersehens schon muthete der Anblick der Wieseneinsamkeit mich an, wie ein längst vergessenes Märchenbild, das in der Jugend einen bezaubert hat, und das man nach

Jahrzehnten wieder schaut. Ohne das mir angegebene Kennzeichen hätte ich aus dieser Wildniß von Weiden und nichts als Weiden die kritische Stelle nicht herausgefunden; aufs Gerathewohl trat ich ans Weidendickicht heran und rief dreimal laut „Samiel, erscheine!" Und wie Hamlets Geist stand er neben mir, ohne daß ich gesehen, daß und woher er gekommen. Seine Freude war groß und unverfälscht; wie ein glückliches Kind drückte er mir die Hände, mir, „dem lieben Stück aus der Menschenheerde," wie er sagte. „Aber nun erfordert's der Anstand, daß ich Ihnen auch endlich mein Palais zeige." Nach einer komischen Pantomime zaubernden Aberakataberas ging er mir voran: „Bitte, folgen Sie mir." Halb kriechend wand er sich in die Weidenwildniß hinein; nach einer kurzen Strecke gegen den Fluß zu machte er Halt. „Nun im rechten Winkel seitwärts; es geht abwärts auf Steinen, die eine Treppe sein sollen." Er faßte mich bei der Hand und führte mich durch völliges Dunkel mehrere wacklige Steine hinab. „Nun sind wir in meinem Bau!" In dem zauberischen Halblicht oder Halbdunkel, das hier herrschte, erkannte ich einen sauber gehaltenen höhlenartigen Raum in der Größe einer kleinen Kammer, — wahrscheinlich entstanden im Uferlande durch Unterwaschung bei Ueberschwemmungen. Der Abstieg zur Höhle hinunter führte dicht an deren Oeffnung entlang, welche von den Wellen des Flusses bespült und gleichmäßig wie ihre stehen gebliebene Oberdecke durch Weidendickicht den Augen Außenstehender verborgen war. Die hierdurch bedingte Finsterniß der Höhle lichtete ihr Insasse je nach Bedarf dadurch, daß er zwischen das obere Ende der Weidenzweige ein dünnes Brettchen schob und so ein allerliebstes Kuckfensterchen herstellte, durch welches man ein Stückchen Fluß und gegenüberliegendes Ufer wie eine wunderherrlich gemalte, eingerahmte Landschaft sah: „Das Universum durch einen Fingerring gesehen," wie mein Führer es nannte. Nun zeigte er mir sein bescheidenes Mobiliar vor. Ein Heuhaufen in der Ecke wirkte so einladend durch Aussehn und Geruch, daß ich überzeugt war, es müßte Einer, der an Schlaflosigkeit litt, auf ihm ausgestreckt den viel ersehnten Schlummer finden. Da lag seine Flöte. Mit ihr, sagte er, begrüße er beim erſten Hahnenkrähen von da drüben den großen Geiſt, wie auf dem ſchönen Bilde „Eos" die vollblütige Jungfrau auf der Terraſſe hinter der Opferpfanne die Morgenröthe. Ferner war da ein invalider eiſerner nothdürftig reparirter Topf, Meſſer und Gabel und eine Thonpfeife.

„Sie haben," meinte er lächelnd, „am Ende der Allee zum Eingang auf dieſe Wieſe das Quisisana — wollte ſagen „Hier wird Schutt abgeladen" geſehen? Das iſt meine Vorratskammer, daher habe ich auch dieſe Schätze; ich bin Concurrent der alten Weiber mit Hacke und Kiepe. Weil ich aber eine Firma am Platze bin, fiſche ich ihnen das Beſte vor der Naſe weg. In dem Topf koche ich mir Kartoffeln, wenn ich welche habe; und auf Kaffee ſpare ich ſchon lange. Die Pfeife iſt das Hufeiſen; ich denke, ich werde auch bald das Pferd dazu haben, will ſagen den Tabak. Der Menſch muß ſich doch auch einmal was gönnen."

Ein Bündel Weiden und ein angefangener Korb von grobem Geflecht lag daneben. Ich ſah ihn fragend an.

„Ja, ſehn Sie, das iſt mein Handwerk. Ich

arbeite auch — fleißig!" sagte er mit komischem Stolz sich in die Brust werfend. „Ich wohnte früher einmal bei einem Korbmacher, und dem hab' ich beim Vorübergehen über den Hof die Kunst halb und halb abgesehen. Wer hätte gedacht, daß ich sie einmal verwerthen würde! Meine Arbeit verkaufe ich an einen industriösen Materialisten spät Abends auf meinen Schleichgängen; der verkauft die Körbe als neue Artikel an Kunden, die gern billig und schlecht kaufen. Mein Kaufgeld, das knapp den Werth der Weiden erreicht, zahlt er mir selten baar, meistens in Naturalien: Brod, Wurst, Butter, Salz und Schnaps. Will ich mir einmal was Apartes leisten, wie Kaffee, Tabak, so muß ich mir's aus dem Baar zusammen sparen. — Herr Fremder, Sie sehen mich auf die Weiden an. Freilich sind die fremdes Eigenthum. Aber," setzte er trübselig lächelnd hinzu, „werde ich reich, dann will ich dem Eigenthümer das Capital nebst zehn Prozent Zinsen ersetzen."

„Schnaps trinken Sie auch?" interviewte ich ihn.

„Ja wohl, in Ermangelung von Spatenbräu

oder Portwein. Die Nächte sind manchmal kühl hier im Freien. Und dann, lieber Herr, braucht solch ein armer Strolch das Lebenswasser, um eine gute Weile todt zu sein, das Todtsein des Schlafes, Vergessen, Nichtdenken über seinen Endpunkt zu ver= längern, es zu vertiefen. Nichts Herrlicheres, als dies tiefe Nichtsein des Schlafes. Auch die Penn= brüder, lieber Herr, haben ihr Daseinsrecht, so gut wie die Kranzlerschen Existenzen, die ihre Beine über die Estrade strecken. — Ja, item der Hecht," schloß er nach einer Pause des Grübelns.

"Und was haben wir da, Bücher? Sieh da!" Und ich nahm verschiedene zerleberte und zerlesene Bände von einem Brett auf der Erde und trat da= mit des bessern Lichtes wegen an das Weiden= kuckfensterchen. "Max Nordau — Lügen der Kultur= menschheit? Strauß — neuer und alter Glaube? Stuart Mill? Büchner — Kraft und Stoff?"

""Ja, das ist das Viergestirn der modernen literarischen Bildung, sie bilden die Quintessenz des Jahrhunderts, mehr braucht ein Mann des zwei= tausendsten Jahrhunderts nicht zu lesen, um das neunzehnte bis auf den Grund zu kennen.""

„Aber Shakespeare! Ich bitte Sie, unsern Shakespeare!"

„„Der ist gut zum Citiren, aber nicht zum praktischen Troste. Der Mann hat die Misere von solch „unserm jungen Mann" ohne Stelle noch nicht gekannt, der nicht zu gebrauchen ist für Wagenschmiere. Was ist dem Hekuba! — Ja, item der Hecht."" Und er drückte den Klemmer fester auf die Nase. Ich dachte an die Schwärme von faulen Kunden, mit denen Unsereins berufen ist, Zeitlebens sich umherzubalgen, und war einen Augenblick angeheimelt von dieser primitiven Art des Daseins.

„Sie leben wohl ganz glücklich hier?"

„„Ja, wer nichts danach zu fragen hat, was „die Leute dazu sagen," der ist der Gottheit am nächsten. Ohne den Schein um andrer Leute willen läßt sich sehr billig und glücklich leben. Wenn im Hintergrunde nur nicht das Gespenst, die Polizei, stünde!"" Und er blickte nachdenklich vor sich hin.

„Fürchten Sie sich so vor der Polizei?"

„Was meinen Sie wohl, Signor straniero! Razzia auf uns Strolche, — ins Polizeigefängniß gesteckt! — Dicht hinter der Polizei kommt der

Strick. Nun vielleicht wär's ganz gut, wenn mir das Schicksal die stärkste Daumschraube aufsetzte und mich so zum Aeußersten triebe: ein Bindfaden wäre wohl immer noch zu haben. Dann wäre doch endlich einmal das Jammerlied zu Ende."

"Im Sommer muß es ja ganz hübsch hier sein," sagte ich, um dem traurigen Thema eine andre Richtung zu geben. "Aber im Winter, — wie wird's im Winter?"

"Nun, wenn ich bis dahin nicht schon in einer Höhle ohne Luftloch lagere, mit so und so viel Fuß Erde auf der Nase, nachdem ich mit der Schippe ordentlich eins auf den Mund bekommen . . . Herrgott, was hab' ich meiner Gesundheit schon Alles geboten, um's mit Gewalt zu Ende zu bringen! Aber solch Robinsonleben setzt so zähes Leder an. Ja, wenn ich den Winter noch erlebe, dann muß ich auf einen eingeeisten Kahn übersiedeln, oder in einen Neubau, oder — ach, das wäre prächtig! — in einen Möbelwagen, wie sie hier draußen auf dem Bauhof stehn. Der Wagenwärter hält was auf mich, der ließe mich wohl des Nachts in solchen huschigen Kasten hineinkriechen. Ja — item der

Hecht. Aber kommen Sie, Sir stranger, in diesem dunstigen Loche kommt man auf trübe Gedanken, lassen Sie uns hinausgehen."

Wir krochen wieder hinaus, wie wir hereingekommen waren. Draußen wehte uns ein köstlicher Abend entgegen. Die Sonne war untergegangen, und der Widerschein des Gaslichttages schwebte schon wieder über der Stadt. Er setzte sich auf einen Stein, mit der Aussicht nach dem Fluß und dem jenseitigen Ufer zu, und ich mich neben ihn. Mir lag noch immer die Erfüllung meiner Mission, die Feststellung der Identität, auf dem Herzen.

Auf dem jenseitigen Uferdamm gingen an dem schönen Abend noch Paar um Paar spazieren. „So hab' ich die Menschheit gern; per Distance; sie sehn, so gleichsam von hinter der Gardine aus, nur nicht mit ihr verkehren. Nicht ich will die Menschheit nicht, sie will mich nicht: ich bin nicht zu gebrauchen. Sehn Sie da drüben," sagte er ablenkend, „wie sich für's Leben Liebende geben."

„Sicher haben auch Sie Ihre Zeit der rechten Liebe gehabt," sagte ich, meinem Ziele nur eine Linie näher rückend.

„Welches Geschöpf, das da einen Bart trägt, kannte nicht die Tage des anch'io — und wär's ein Ziegenbock," sprach er schwermüthig. Aus seiner durch Löcher ins Endlose gehenden Busentasche haspelte er ein feines Battisttaschentuch hervor: es duftete stark und war blutig; er drückte es an die Lippen. Befremdet sah ich auf das Tuch hin.

„Erschrecken Sie nicht; das Tuch war das ihre, und das Blut ist mein. — Oh dolce tempo della prim' etade!" seufzte er wie hinschmelzend vor Er= innerung. Jetzt hielt ich den Augenblick für ge= kommen. Ich zog die Photographie hervor und hielt sie ihm vor die Augen. Er nahm sie, betrachtete sie, und wie ein Schrei entrang es sich seiner Brust: „Das bin ich ja! — — Das w a r ich!" Tief stöhnend stützte er die Ellenbogen auf die Kniee und den Kopf in beide Hände: „Nessun maggior dolore —" Nach längerer Pause sprach er, wie aus einem Traum erwachend: „Und von wem haben Sie das?"

„Von einem Bekannten von Ihnen," log ich, — „von — von —," ich suchte nach dem Namen des Gläubigers.

„Bitte, lassen wir Namen, — lassen wir Ver=

gangenheit," unterbrach er mich fast heftig. „Das ist Alles todt für mich, — ich bin todt. — — Hat er Ihnen von mir erzählt?"

„Er hat Sie nur als Handlungscommis gekannt."

„Handlungscommis! Unser junger Mann! Giebt es eine unglückseligere Creatur der Civilisation als solch einen Proletarier von der Feder? Die Welt ist voll vom Elend der Arbeiter, — der Arbeiter von der Faust; aber die bodenlose Misere der federfuchsenden Menschheit ist ein Veilchen, das im Verborgenen blüht, keines Sängers Lied meldet etwas davon. Ja, auch ich gehöre zum Abiturienten=Proletariat. In einem Produktengeschäft war ich drei Jahre Lehrling, das heißt Hausknecht, Laufbursche; und nach den drei Jahren gings mir wie dem blinden Pferde, das eben so gut von hinten sieht wie von vorn: ich wußte vom Geschäft eben soviel nachher, wie vorher."

„Das geht im Handwerkerstande übrigens ebenso," unterbrach ich ihn. „Für die Frau Meestern Kartoffeln schälen, Holz hacken, — „August bleib bei's Kind!" — „Wir brauchen kein Mädchen, wir haben einen Lehrburschen."

"Ja, für dieses sociale Verbrechen der Chefs müßte es einen Paragraphen geben. Wie furchtbar ist unterm Proletariat von der Feder der Kampf um's Dasein; er hat sich herausgebildet zum Kampf um ein Plätzchen zum Kämpfen. Ein entsetzliches Kämmerchen vermiethen; von Vieren findet der Vierte keinen Bauer mehr. Nachfrage nach Hunderten, Angebot von Tausenden, — und die ungezählten Tausende überflüssiger Existenzen gravitiren alle, alle in den Abgrund bürgerlicher Vernichtung. — Ein grauenhaftes Gedränge in der civilisirten Menschheit um Tod und Leben, wie in Stockholm um die Nilson. Und an der von stellenlosen Existenzen wimmelnden Grube der Vernichtung geht die geriebene mit Plätzen versehene Menschheit achselzuckend mit dem entsetzlich kaltblütigen Worte vorüber: "sie sind nicht zu gebrauchen!" — "Er ist nicht zu gebrauchen!" ist der Specialfluch eines Proletariers von der Feder. — Auch ich bin so Einer, der nicht zu gebrauchen ist. Himmel und Hölle!" brach er wüthend los, "ist es der Daseinszweck von solch "unserm jungen Mann," nur zu träumen von Wagenschmiere, — sich ein Bein auszureißen um Wagenschmiere, —

nicht nur eins sondern alle beide? Das Universum soll ihm nur ein einziger Artikel sein: Wagenschmiere! Es giebt kein hohes Lied von Salomo, sondern von Wagenschmiere. Dir Wagenschmiere leb' ich, dir Wagenschmiere sterb' ich — und das Alles für fünfundvierzig Mark monatlich. — Pest und Schwefel, was ist mir Wagenschmiere!"

„Aber arbeiten müssen wir ja Alle," warf ich schonend ein, „und Sie arbeiten ja auch, — Sie flechten ja Körbe."

„Ach, ich arbeite ja gerne — vom frühen Morgen bis zum späten Abend. Am naturgemäßesten, am anregendsten ist die Robinsonsche Arbeitsart: jeder für sich, — was er braucht. Auch mein Korbflechten ist noch solch primitiver Tauschhandel, wie bei den Wilden: Cocusnüsse und Feigenblätter für einen alten Hut. Und die massive Hand- und Faustarbeit lasse ich noch gelten; man sieht doch aus seinen eigenen Händen ein reelles Werk entstehen. Aber diese Federfuchserei — diese Pultarbeit, — diese Culturmission, dies sphärische Einer für Millionen — sie sei verdammt! Sie ist die widersinnigste Daseinsart, in die ein Mensch mit gesunden Sinnen und Knochen hineingeboren werden kann."

„Nun freilich — bei solchen Antipathien konnt' es Ihnen nicht glücken."

„Ich hab' dafür den Jammer schön durchgekostet! Stellenlosigkeit — Fluch der Civilisation! So lange mein Vater, der ein gutes Einkommen hatte, noch lebte, ging's ja leidlich; der stellenlose „unser junger Mann" lebte nobel auf Vaters Conto. Bei Lebzeiten war er ein guter Mann, aber bei seinem Tode hat er mir nur Schulden hinterlassen. Haha! Ich noch fremde Schulden bezahlen, — wie sind mich seine Gläubiger angegangen!"

Conferatur Klage, — stimmt also, dachte ich bei mir.

„Ach, da ging's los! Branche um Branche versucht, alle Branchen verlassen; es mit Schreiber beim Rechtsanwalt, Winkelschreiber, Stundengeben versucht, ja mich als Hausknecht gemeldet; aber die haben mich schön ausgehöhnt, einen stellenlosen Schreiber könnten sie auch nicht gebrauchen. Das Gespenst der Stellenlosigkeit hockte mir auf den Schultern, wie der türkische Polyphem dem Sindbad. Nun," fuhr er langsam, bedächtig, jedes Wort betonend fort, „nun, im großen Pfuhle derer, die nicht zu gebrauchen, umherzappelnd, hätte auch ich, wie die Meisten, von denen es darin wimmelt, mich selbst in Ruhestand versetzen müssen — with a bare bodkin. Aber ich krieg's nicht fertig, wissen Sie, signor stranger: nicht wegen des undiscover'd country, from whose berns — über dergleichen posthume Congestionen sind wir ja leider weg, — hier hätt' ich's ja so bequem, habe alles Nöthige vor der Thür: den Baum nahe um mich daran aufzuhängen, den Strom dort, um mich drin zu ersäufen. — Nein, —" und hier sank seine Stimme zum unheimlichen Flüstern hinab, „mir fehlt die massive Energie, den Strick mir um die Kehle zu legen, den Sprung zu thun, ich — bin — zu — feige. Elende Redensart, die so freiwillig in den Ruhestand treten, Feiglinge zu nennen: ich wollt', ich könnt's!"

Stöhnend stützte er den Kopf in beide Hände. Ich schwieg, denn, da ich keinen Trost wußte, was hätte ich auch sagen sollen? Nach einem Weilchen erhob er das Gesicht und fuhr mit dem Ton herzbrechender Ironie fort:

„Sehn Sie, so habe ich mich denn, wie hochgeborene Damen, die Jahrzehnte vor ihrem Tode schon sich ausgelebt haben, von der Welt zurückgezogen, ich habe die Stelle eines Robinson angenommen, eines Strolches. Im Princip bin ich schon todt, habe mich im Princip erschossen —, ersäuft —, erhängt. Ich spuke hier bloß noch. Ich bin der ewige Jude; auf die Jahrhunderte, während derer ich vor Jahrhunderten unter Menschen gelebt, sehe ich aus der Vogelperspective des Todtseins hinab; dort drüben der Wiederschein des Gaslichttages ist der Abenddämmer tausendjähriger Vergangenheit." Er erhob das Antlitz. „Sehen Sie dort," fuhr er mit belebterer Stimme fort, „dort ist der Mond aufgegangen; wenn man dort wär', — auf dem wäre man der einzige Mensch, d e r Mensch, — kein Robinson, kein Strolch. Und da ist der Mars, mein Lieblingsstern; auf dem soll's auch so was wie eine Menschheit geben. Wäre ich auf dem geboren, dann wäre ich vielleicht solch ein Beatus ille mit einem kleinen allerliebsten Landgut geworden."

„Wissen Sie, Herr Nachbar, an welchem moralischen Defect für das bürgerliche Leben Sie laboriren? Um mit den Aerzten zu reden, leiden Sie an Hypertrophie Ihrer poetischen Ader: Sie sind Dichter."

„Ich — ein Dichter?" und mit komischem Staunen, rührend in seiner verzweifelten Situation, blickte er auf; „noch nie in meinem Leben habe ich eine Feder zu „Sonne" und „Wonne" miß= braucht."

„Sie wissen doch aber, daß nach Lessing Einer ein großer Dichter sein kann, der ohne Schreibfeder geboren ist. Ja, Sie sind Dichter."

„Nun, dann wäre ich also unbewußt an dem Ziele angelangt, zu dem ein verunglücktes dichterisches Genie mit Naturnothwendigkeit führen mußte: zu Hunger, Strolchthum mit der Perspective auf Poli= zeigewahrsam und den Strick um den Hals. Ja, ja, item der Hecht."

Damit kreuzte er beide Arme über den Knieen und legte den Kopf darauf. So verharrte er eine ganze Weile; augenscheinlich hatte er in finsterm Grübeln die ganze Welt, Wieseninsel mich mit ein= geschlossen, vergessen. Den armen Menschen hatten seine Erinnerungen zu schwer angegriffen. Da ich selber im Bureau noch zu thun hatte, sagte ich ohne weitere Vordersätze zu ihm Adieu, indem ich ihm die Hand hinhielt, und er, ohne aufzublicken, legte die seine hinein: „Leben Sie wohl, und wenn Sie mich noch mal besuchen wollen —"

„Gewiß, ich komme wieder." Ich ging. Aus Versehen hatte ich neben ihm mein gefülltes Cigarrenetui liegen lassen: es hatte mir schon vorher leid gethan, daß ich vergessen, mit ihm zusammen bei Mondschein und Sternenflimmer gemüthlich Eine (das heißt: jeder Eine) zu rauchen. — Als ich über die Wiese schritt, tönte in wehmüthig schwermuthsvollen Weisen leise, leise wie das Gesäusel des Grases, die Flöte meines unglücklichen Freundes Robinson hinter mir drein. — —

Einige Tage später begab ich mich zum Rechtsanwalt des Klägers. Schon vorher war mir ein formelles Bedenken aufgestoßen. Zustellungen sind gesetzlich nur in der Wohnung zulässig. So eine trauliche Schiffscajüte, ein molliges Mühlenstübchen ist eine „Wohnung," diese Leute „wohnen" im Sinne des Gesetzes; solch ein Strolch aber, der in gesetzlich straffälliger Weise „lagert," — „wohnt" der auch; ist solche Erdhöhle eine „Wohnung?" — Nein, nimmer! Freilich darf die Zustellung auch an jedem andern Orte außerhalb der Wohnung des

Adressaten erfolgen, — aber nur mit dessen aus=
drücklicher Zustimmung. Wäre es jedoch meiner=
seits nicht allzuperfide, ein allzu grober Mißbrauch
der Gesetzesunkunde, des Vertrauensverhältnisses
gegen den armen Schelm gewesen, hätte ich ihn über
seine Befugniß, die Annahme zu verweigern, nicht
belehrt? — Ich benachrichtigte den Rechtsanwalt, daß
ich den verklagten Handlungscommis Adolf Lehmann
ermittelt, theilte ihm aber gleichzeitig mein Bedenken
betreffs dessen „Wohnens" mit. Er meinte, ich
möchte nur sehn, daß ich die Sache erledigte.

„Uebrigens — Adolph Lehmann — Hand=
lungscommis Adolph Lehmann? Wie ist mir denn?
Ist da nicht neulich ein Gesuch eingegangen vom —
vom —, richtig! — Müller bringen Sie doch mal
das Gesuch vom Fabrikanten Münchner."

Ein Schreiber suchte in den Repositorien und
brachte einen Brief.

„Richtig, das ist es. Schreibt mir da der
Mann hier, es sei für ihn vom höchsten Interesse,
den Aufenthaltsort eines gewissen frühern Handlungs=
commis Adolph Lehmann, früher wohnhaft da
und da, — paßt ganz genau Alles auf unsern

Mann hier, — zu ermitteln; alle seine Nachforschungen dieserhalb seien bisher vergeblich gewesen, zu weiteren polizeilichen Recherchen sei die Sache zu discret. Er habe dem jungen Mann Mittheilungen von höchster Wichtigkeit zu machen. Ich erwiese ihm, dem Schreiber dieser Zeilen, einen großen Dienst, wenn ich es möglich machte, die Adresse des Adolph Lehmann zu ermitteln; mir, bei meinem starken Verkehr mit allerlei Publicum, könnte das wohl vielleicht gelingen. — Eigentlich eine große Unverschämtheit von solchem Menschen: ein Rechtsanwalt ist doch nicht dazu da, um den Aufenthalt von Parteien zu ermitteln. Aber was soll ich dem Mann antworten! Steinreicher, nobler Mann, feinster Client von mir, — so heimleuchten, wie ich's wohl möchte, kann ich ihm doch nicht. —"

Kurz und gut, er fragte mich, ob ich nicht ihm zu Liebe seinem Clienten die Gefälligkeit erweisen wollte, mit demselben wegen des jungen Mannes selber Rücksprache zu nehmen. Ich war nahe daran ihm zu antworten, daß ich kein Polizei=Melde=Bureau hätte; aber ich bedachte mich: die Mittheilungen des Fabrikanten sollten vom höchsten

Interesse für den Adolph Lehmann sein, und so war mir die Gelegenheit in die Hand geschoben, das Quentchen Perfidie, das ich an dem armen Schlucker zu begehen beabsichtigte, wieder gut zu machen durch einen Centner Dienstleistung. Ich sagte deßhalb zu, die Angelegenheit zu erledigen.

Selber höchst gespannt, was da für meinen Robinson herauskommen würde, suchte ich baldigst den Fabrikanten auf. Er empfing mich in seinem Privatcomptoir; es war ein stattlicher, artiger Mann. Als ich ihm den Grund meines Kommens mittheilte, sprang er lebhaft erregt auf: „Also endlich doch gefunden!" Er bot mir verbindlich einen Platz auf dem Sopha an und eine Cigarre, machte es sich selber auch gemüthlich und begann mit seinen Eröffnungen.

„Es handelt sich hier um eine Angelegenheit delicatester Art. Es wohnt bei mir eine Nichte von mir, Natalie X. Sie ist armer Leute Kind, ihr Vater war Registrator bei der Regierung. Nach dessen Tode fand sie einen Zufluchtsort bei reichen Verwandten — (aber nicht bei mir). Dort hat sie die bittersten Erfahrungen gemacht: sie hatte Stütze,

Wirthschafterin, Dienstmagd, Kindermädchen zu spielen; sie war der Schuhwisch für die Familie, und für die vornehm schnarrenden Besuche auch nur Domestik, die „Person", — Luft. In solcher Schule des Leidens mögen sich Herbheit und Verschlossenheit zu den Elementen ihres Charakters, mit denen ich jetzt noch öfter zu kämpfen habe, herausgebildet haben; aus einzelnen Aeußerungen entnehme ich, daß sie damals in ihrer Verzweiflung öfter auf dem Punkte war, sich das Leben zu nehmen. Doch wie hat sich das Blatt gewandt! Ein für verschollen gehaltener Verwandter aus Amerika setzte sie zur Erbin seines ungeheuren Vermögens ein. Nun krochen dieselben Personen, die sie vordem so en canaille behandelt hatten, vor ihr wie vor einem höheren Wesen. Da wuchs die Herbheit im Wesen der reichen Erbin zur bodenlos tiefen Verachtung gegen die „Gesellschaft" im Allgemeinen und die „Herren" insbesondre aus. Den Schwarm, der sie sozial mit Geißeln gezüchtigt, züchtigte sie nun mit Scorpionen; all die Verachtung, die sie hatte schmecken müssen, gab sie jetzt, — um mit dem Mathematiker zu reden — in der dritten Potenz zurück. Die glänzendsten Cavaliere, die sie umwerben, tritt sie moralisch unter ihre kleinen Stöckelschuhe, und merkwürdig, je toller sie's treibt, desto ärger laufen diese Menschen ihr nach. Dem Außenstehenden mag ihr Gebahren als maßloser Hochmuth erscheinen, wer aber, wie ich, ihren Charakter und ihre Vergangenheit kennt, muß ihm ein vollgültiges psychologisches Daseinsrecht zusprechen. Der Stolz, der früher latent in ihr war, ist nun akut geworden. Wie ausgeprägt in ihr auch die Verachtung gegen diese bornirte, auf den Schein vereidigte „Gesellschaft" ist, — noch energischer wirkt in ihr das Verlangen, diese Verachtung sie erschöpfend fühlen zu lassen: und lediglich daher schreibt sich ihr lebhafter Verkehr in der Hautevolée, der ihr an sich im Grunde ihres Herzens zuwider ist. — Nun haben sich in seltsamster Weise die Lebenswege meiner Nichte und des hier in Rede stehenden jungen Mannes gekreuzt, — und wenn auch nur auf Viertelstunden, so hat diese Zeit doch ausgereicht, seine Gestalt unauslöschlich in den Gesichtskreis ihrer Erinnerungen zu bannen —"

Und nun erzählte mir der Herr die Begegnung der Beiden, wie ich sie Eingangs unter der Be=

leuchtung meiner eigenen Auffassung dem freundlichen Leser weiter berichtet habe.

„Es konnte nicht anders sein," fuhr der Fabrikant fort, „auf ihr eigengeartetes Gemüth mußte die kühne, chevalereske That des jungen Mannes, durch den abstechenden Hintergrund, den die klägliche Handlungsweise eines hochgeborenen Cavaliers ihr gab, erst recht ins hellste Licht gerückt, einen tiefen Eindruck machen. Derselbe wurde noch bedeutend verstärkt durch die Persönlichkeit dessen, der diese That ausgeführt: ein junger Mann, — wie auch in dieser kürzesten Zeit des Zusammentreffens ihr scharfer Blick schon erkannte, — von gediegenster Bildung, jedoch in ödester, hilflosester Armuth, dessen wirthschaftliche Existenz auf der abschüssigen Ebene unentrinnbaren Verkommens mit der sichern Perspective auf ein verzweifeltes Ende sich befand. Sie sah in ihm ganz, sozusagen die Copie, das Duplicat ihrer eigenen traurigen Vergangenheit. Wie ihr Charakter nun einmal ist, so mußten sich mit naturgesetzlicher Nothwendigkeit ihre Gedanken, ihr eigenes Schicksal mit dem des seinen fortan verflechten: wie ein glückliches Schicksal sie aus dem Elend des Daseins

emporgerissen, so wollte sie es mit dem jungen
Mann machen, — sie wollte sein Schicksal, sein
guter Genius werden. Sie sah fortan seine Rettung
als ihren Daseinszweck an. So unentwegbar ehern
ihre Consequenz in ihren Antipathien, so ist sie es
auch in ihren Sympathien. Bei ihrem Zusammen=
treffen mit dem jungen Mann hatte sie wahrge=
nommen, daß ein Obsthändler, dessen Bude am Wege
stand, den jungen Mann kannte: bei ihm erkundigte
sie sich persönlich nach dessen Adresse. Aber an
der Stelle, wo er sich nach der Mittheilung des
Mannes befinden mußte, war er schon längst nicht
mehr, vielmehr sollte er da und da sein. Und so
hetzte sie mich unbarmherzig auf seine Fährte; aber
überall kam ich zu spät; und an seiner Spur von Gasse
zu Gasse, von Spelunke zu Spelunke konnte man er=
kennen, wie es immer mehr abwärts mit seiner wirth=
schaftlichen Existenz gegangen war, — bis diese seine
Spur zuletzt endlich ganz versandete. Meine Nichte ist
geradezu unglücklich über die Erfolglosigkeit dieser
Jagd — und da erscheinen Sie jetzt als wegweisen=
der Genius. Das, Herr Gerichtsvollzieher, sind meine
Mittheilungen — discretester Natur freilich —"

„Die Thatsache, daß Sie mir ein so ehrenvolles Vertrauen geschenkt haben, ist schon Grund für mich, danach zu streben, es auch zu verdienen."

Er verstand diese Verwahrung. „Bitte, bitte! tausend Mal überzeugt — —"

Nun theilte ich dem Fabrikanten den unsäglich jammervollen Zustand der Verkommenheit mit, in welchem ich unsern Robinson auf seiner Wieseninsel getroffen. Nach Beendigung meines Berichts krauete sich der Herr mit dem Zeigefinger bedenklich hinterm Ohr: „Freilich — freilich — unter allen Erwartungen. Da wird allerdings meine Nichte auch — — nun, ich will ihr mittheilen, was Sie mir erzählt; entschuldigen Sie auf kurze Zeit meine Abwesenheit — —"

Er ging. Was ich soeben vernommen, in Verbindung mit dem, was ich von dem kläglichen Schicksale des armen Einsiedlers auf dem Eilande selber gesehn, ging mir im Kopfe herum, wie ein eben geträumter Traum. Das Ganze zusammen kam mir vor wie ein guter Roman, in dem Alles klappt, und doch war ein jeder Umstand, einzeln für sich betrachtet, so durchaus natürlich. Wie von ganzem

Herzen, wie freudig gönnte ich dem unglückseligen jungen Mann die romantische Wendung, die sein Geschick jetzt nehmen zu wollen schien. Und doch — da lauerte was im Hintergrunde meiner Freude — düstere Befürchtungen, Angst, — ich wußte nicht wo vor — —, zwischen Lipp' und Kelchesrand — — eine böse Ahnung — —. Da trat der Fabrikant wieder ein mit dem Ersuchen, ihn zu seiner Nichte zu begleiten; sie bäte um das Vergnügen, mich zu sprechen. — Ich sah vor mir eine junge Dame von bezaubernder stolzer Schönheit und vornehmer Haltung; stolz, das heißt: sicher konnte sie sich mit unnahbarem Stolze wappnen; in diesem Augenblick aber hatte sie diese Rüstung abgelegt und sie begrüßte mich als ein einfaches, liebenswürdiges Mädchen.

„Ach, wie lieb von Ihnen, daß Sie sich zu mir bemühen. Mein Oheim hat mir bereits mitgetheilt, was Sie von dem jungen Mann wissen, dessen trauriges Schicksal mich so interessirt. Eine Frage allen voran: abgesehen von diesem äußersten Grade wirthschaftlicher Verkommenheit, — glauben Sie, daß er sich irgend eine unehrenhafte Handlung, die das Licht zu scheuen hätte, zu Schulden kommen ließ, oder daß er überhaupt einer solchen fähig wäre?"

"Nein, er ebenso wenig wie ich selber; ich halte ihn für eben so ehrlich, ehrenhaft wie uns alle drei hier."

"Das einzig und allein ist für mich maßgebend," sagte sie, hoch aufathmend, wie von einer Last erlöst. Dann sah ich, wie es in ihr rang und kämpfte, und endlich löste es sich, wie ein fester Entschluß von ihrem Herzen los: "Wären Sie so freundlich, — der junge Mann, — daß er —, wenn er —"

Ich riß sie verständnißinnig aus ihrer Ver= legenheit, für ihr Anliegen das conventionelle Wort zu finden. "Ich werde Alles bestens besorgen, Fräulein; ich werde den Robinson seinem Eilande entführen, — freilich muß er erst einen neuen Menschen anziehn; nun, ich werde sehn, wie ich ihn kostümire, und dann in einer Droschke, — wohin zunächst freilich, — nun, wenns nicht anders geht, zunächst vielleicht zu mir — —"

"Ach wie lieb und freundlich von Ihnen," rief sie wie mit innerlichem Aufjauchzen, "für alle Ihre

Auslagen steht Ihnen selbstverständlich meines Oheims Kasse zur Verfügung — — nein, bitte! — — Und es wäre ja möglich, daß der junge Mann sich meiner noch erinnerte —"

„Nicht allein möglich, sondern gewiß. Er trägt ein blutgetränktes, duftendes Taschentuch in seiner Brusttasche bei sich, das er in meiner Gegenwart tief aufseufzend an die Lippen drückte."

Sie erröthete mädchenhaft über das ganze Gesicht. „Nun dann, bitte, wollen Sie ihm sagen: ich hätte im Gebirge sowas wie halb Landgütchen, halb Villa, da brauch' ich dringend eine Vertrauensperson, einen ehrlichen Vertreter, — — wenn er nicht abgeneigt wäre, mir diese Sorge abzunehmen, — — dann," setzte sie schalkhaft hinzu, „dann wäre er ja schon hier auf Erden solch ersehnter beatus ille, und brauchte nicht erst auf den Mars zu warten."

Die Sache war abgemacht; unter dem warmen Drucke ihrer schmalen, zarten Hand entfernte ich mich.

Der Rechtsanwalt hatte mir inzwischen die Klage mit neuer Terminsnota, die er sich vom Gericht verschafft, wieder zugesandt. Am folgenden Tage machte ich mich auf den Weg nach der einsamen

Insel, diesmal „spanisch," weil ich neben der privaten Mission auch eine amtliche hatte. Eine gewisse ahnungsvolle Unruhe konnte ich nicht unterdrücken. An der Stelle gegenüber der Buhne sah ich in der Gegend, wo ungefähr der Eingang zur Höhle sein mußte, die Weiden, die der Einsiedler sonst so sorglich verschonte und vorsichtig wieder zusammenbog, zertreten, zertrampelt. Dreimal, fünfmal, sechsmal rief ich den Losungsruf. Keine Antwort. Ich wollte sicher gehn, was halfs: ich kroch hinein in die Höhle, — ich, ein Gerichtsvollzieher in steifer Uniform, welch' Abenteuer! Niemand war drin im Bau, wie mich das durch das Kuckfensterchen fallende Licht erkennen ließ. Ach, welch' ein wehmüthiger Anblick: da lag die Streu, die Flöte, der Topf, das Korbgeflecht, das Brett mit den Büchern. — Armer Robinson: die Polizei und hinter der Polizei der Strick! Ich machte mich sofort auf den Rückweg, mein Athem flog. Am Ausgang der Wiese traf ich den Wagenwärter. Ich beschrieb ihm den Adolph Lehmann, der hier auf der Wiese kampire: ob er den nicht gesehn hätte? „Ja wohl! heute Nacht gegen Morgen hat die Polizei Razzia gehalten, die hat ihn mitgenommen!" — — Die Polizei — und dann der Strick! so war meine Ahnung eingetroffen. Athemlos begab ich mich in die Wohnung des Fabrikanten. Ich traf ihn nebst seiner Nichte anwesend; in fliegender Eile theilte ich ihnen das Geschehene mit. „Schnell, Oheim, zur Polizei!" Der Oheim zögerte. „Gut, dann geh' ich!" Sie griff nach Hut, Handschuhen und Umhang. Das half. Der Oheim machte sich zurecht, eine Droschke wurde bestellt, wir fuhren ab. Bald waren wir im Polizei=Büreau, wo ich bekannt bin. Ich fragte den betreffenden Polizeibeamten, ob unter den Personen, die heute Nacht bei der Razzia eingebracht wären, sich auch ein gewisser Adolph Lehmann befinde. „Ja wohl, stimmt auffällig; der Kerl hat sich eben in seiner Zelle aufgehängt, am Bindfaden, den er statt Leibriem trägt."

Der Fabrikant und ich, wir zuckten zusammen; meine Ahnung: nach der Polizei der Strick.

„Aber," setzte der Schutzmann hinzu, „der Kerl kanns eben erst gethan haben, er war noch warm, Sie sind eben drinn bei ihm, der Doctor auch, sie machen Versuche mit ihm."

Ein andrer Schutzmann trat ein: „Na, nun

haben sie den Strolch wieder lebendig gekriegt, er athmet wieder, der verd ... Kerl; uns solche Umstände zu machen!"

"Er lebt! er lebt!" jubelten wir halblaut auf; nun wird Alles gut, das Uebrige findet sich. Er lebt."

Ich ging zum Polizeikommissar und bat ihn um eine Unterredung unter vier — das heißt: sechs Augen, die des Fabrikanten mit einbegriffen. Er willfahrte unserm Ersuchen gern und ließ uns in die Zelle des Unglücklichen führen. Sie hatten ihn vollständig zum Leben zurückgebracht, — aber wie sah der Jammermensch aus! Ich mag nicht mehr daran denken. — Doch erst das Geschäft, und dann das Vergnügen. Das „Küttchen" ist eine Wohnung im Sinne des Gesetzes, hier „wohnte" unfraglich der Schuldner meines Auftraggebers. Ich zog die Klage, die ich mitgenommen, hervor und übergab sie ihm „im Polizeigefängniß in Person."

Nun war mein amtliches Gewissen beruhigt. — — — Nicht lange darauf war die vielbewunderte, stolze Nichte des Fabrikanten aus der Stadt verschwunden; Niemand wußte, wo sie geblieben, —

Niemand, zwei Personen: ausgenommen der Fabrikant und ich. Sie befand sich im Gebirge auf ihrem Landgut. Einige Zeit vorher war ein eleganter junger Mann von geistreichem, genialem Aussehen, feinen zuvorkommenden Manieren dort eingetroffen; die Besitzerin hatte die Wirthschaftsbeamten angewiesen, ihn in die hauptsächlichsten Geheimnisse, ein Gut zu verwalten, einzuweihen. Dieser liebenswürdige junge Mann, der bald der Liebling Aller auf dem Gute wurde, war unser

Robinson vor dem Thore.

———

Carl Müller.

Ich hatte einen Auftrag erhalten, den Schreiber Carl Müller aus seiner Wohnung hinauszusetzen und zugleich wegen dreißig Mark rückständiger Miethe Zwangsvollstreckung gegen ihn auszuführen. Dies ist mir um deshalb noch so frisch im Gedächtniß, weil an demselben Tage, da ich an die Ausführung dieses Auftrags ging, mir mein Büreauvorsteher durchgegangen war mit der Kasse von einigen hundert Mark. Ich wußte nicht, wie mir der Kopf stand: Zunächst die natürliche Aufregung über diesen Vorfall, und außerdem bei der mir obliegenden massenhaften Arbeit dieser jähe Wegfall einer Kraft, so unumgänglich nöthig, dieselbe zu bewältigen.

Carl Müller, — schon acht Tage vorher hatte ich ihm die Ladung zum Termine zugestellt. Ich hatte ihn persönlich anwesend getroffen. Ach, in welchem Elend, in welcher Armuth steckte dieser

Mann bis über den Kopf! Er wohnte auf einer Bodenkammer, durch dürftige Tapezierung zu einer Wohnstube und Kammer hergerichtet, durch einen dünnen Holzverschlag vom allgemeinen Bodenraum getrennt. In der Stube balgten sich zwei kleine Kinder, in schmutzigen, zerfetzten Hemden, auf dem Erdboden um eine Brodrinde; ein drittes, noch kleineres Kind lag schreiend in der Wiege. Sie hatten keine Mutter mehr, sie war vor Kurzem gestorben; der Vater mußte ihnen Vater und Mutter sein. Er hing in einem zerrissenen, schlotterigen Rock und einer ihm allzuweiten, am Fußende ausgefranzten Hose, — Kleidungsstücke, die er augenscheinlich vom Trödler gekauft hatte; von einem Hemde wurde man an ihm gar nichts gewahr. Von seinem Gesicht war unter einem struppigen, ewig ungekämmten Haupthaar und einem filzartig verwilderten schwarzen Bart hervor nur ein erdfahles, runzliges Stückchen Gesicht; ein Streifchen Wange, eine starke Hakennase und ein Paar müd und gleichgültig in das Elend hinausstarrende Augen sichtbar. Das waren Augen, die ihre Zeit wilden, verzweifelten Flackerns bereits hinter sich hatten; ihr unheimlich ruhiger Blick verkündete das letzte Stadium der Verzweiflung: „mir ist Alles egal!" Merkwürdig abstechend von diesem ganzen Aeußern einer verfallenen Existenz war der Klemmer auf der Nase; dies Zeichen von Kurzsichtigkeit hob den Mann aus der Reihe der Banausen heraus in den Bereich einer gewissen geistigen Gediegenheit, ja, zerlumpten Vornehmheit. Als ich bei jener Veranlassung zu ihm eintrat, zuckte er bestürzt zusammen; vor Schrecken konnte er kein Wort sprechen und sah mich lautlos starr an. Diesen gewaltigen Eindruck hatte der Anblick meiner Uniform bei ihm hervorgebracht; solche angstvolle Bestürzung habe ich als ein vortheilhaftes Zeichen wirthschaftlicher Unschuld — wirthschaftlicher Unschuld in einem gewissen Grade wenigstens — kennen gelernt. So zittern vor der Uniform des Gerichtsvollziehers nur Leute, die, in welch' arger Bedrängniß auch immer, doch bis dahin immer noch den schrecklichen Moment von sich hatten abzuwehren gewußt, — den Moment, da der gefürchtete, friedensstörende Beamte ihre Schwelle zu überschreiten berechtigt war.

Scheu und angstvoll mir nach den Augen blickend,

rückwärts gehend, hatte sich der Aermste vor mir in den Kammerabschlag zurückgezogen.

Zu beklagen war wohl der arme, alte Mensch mit dem verfallenen Gesichte.

Sein Hauswirth und zugleich sein Gläubiger, mein Auftraggeber, hatte mir von ihm erzählt des Langen und Breiten, und ich als coulanter Geschäftsmann hatte mich dem Anhören seiner mir gleichgültigen Erzählung geduldig unterwerfen müssen. Vor allen andern Gläubigern wohnt dem Hauswirth, der einen unglückseligen Miethsmann an die Luft setzen läßt, eine Art Instinkt inne, der ihn treibt, sich wegen einer Härte, die ihm noch gar nicht schuld gegeben ist, vor Gerichtsbeamten und Gerichtsvollzieher in weitläufigen Erklärungen zu reinigen. So erzählte mir auch dieser Haus-Cerberus, — einer von den Leuten, denen das kleinste Begebniß in der Stadt, vor allen Dingen aber jedes Atom in den Verhältnissen ihrer Miethsleute bekannt ist: der Schreiber da oben wäre ein ruhiger, bescheidener Mann, man höre und sehe von ihm oder seinen drei Kindern gar nichts den ganzen Tag über. Aber er sei nun schon drei Monat mit der Miethe rückständig; wenn er die zahlte, könne er ja so lange wohnen bleiben, wie er wolle; es müsse doch an dem Mann selber liegen, daß er so heruntergekommen sei. Was sei der nun schon Alles gewesen, seit er in diesem Hause wohne: erst Comptoirbote, dann Schreiber bei einem Rechtsanwalt, dann Colporteur von Schauerromanen, dann habe er Klagen gemacht für andre Leute. — Das habe er, der Wirth natürlich nicht leiden können wegen des Trepp=auf und Trepp=ab den ganzen Tag über. Zuletzt habe er beim Gericht geschrieben, da sei er aber auch schon wieder seit einem Monat fort; es sei nicht zu begreifen, wovon er die ganze Zeit über lebe; der Mann scheine nirgends aus= halten zu können, er müsse kein Sitzfleisch haben.

Nach alledem, was ich von dem armseligen Schuldner hörte, war er also vom Proletariat der Civilisation eins der beklagenswerthesten Exemplare: ein Proletarier von der Feder.

Wie oft auch die amtlichen Obliegenheiten von uns Gerichtsvollziehern hineinzugreifen haben in schwindelhaften Glanz, lügnerische Ueppigkeit, — überwiegend ist es doch wahres Elend, nackter Jammer, über dessen Schwelle unsre Hand gewalt=

thätig hineinlangen muß. Ebenso, wie der Chirurgus gegen die Gräuel des Arm- und Bein-Absägens, werden wir abgestumpft gegen all' die herzbrechenden Scenen in den Wohnhöhlen der Armuth und sozialen Verkommenheit. So gewohnheitsmäßig gleichgültig mich daher auch das Elend des armen Schreibers an und für sich ließ, so drängte sich mir doch für ihn ausnahmsweis ein gewisses Interesse auf.

Für die Person dieses Mannes fühlte ich Sympathie lediglich seines Namens halber, — weil er Carl Müller hieß.

Carl Müller, — beim Klang dieses Namens, dieser zwei Worte tauchte in mir die Erinnerung an eine schöne Welt vergangener Tage auf.

Es ist schon lange her, — wohl an die fünfzehn Jahre, ich war noch ein junger Bursch von zwanzig und einigen Jahren, — da befand ich mich auf einem kleinen Neste; bei der dortigen Gerichtscommission verdiente ich damals als Actuarius meine ersten Diäten. In dem Orte war auch ein Gymnasium, und mit einem Primaner dieser Anstalt wohnte ich zusammen. Mein Stubengenoß hieß Carl Müller. Unser Wirth war ein Uhrmacher, dem das ganze Häuschen gehörte, d. h. unten ein kleiner Laden mit kleinem Hausflur nebst Miniaturküche nebenan, und ein Stübchen nebst zwei Kämmerchen eine Treppe hoch. Ach, welch ein köstliches Leben unschuldsvollen Seelenfriedens, heiterer Gemüths= ruhe führten wir beiden jungen Leute in diesem weltabgeschiedenen Städtchen, in diesem stillen Häus= chen. Unsre ganze freie Zeit brachten wir unten im Ladengeschäft zu. Da saß am schmalen Werk= tisch hinterm hellen Fenster, die Lupe ins Auge geklemmt, der Meister und feilte und hämmerte, und wir Beiden saßen am kleinen Ladentisch und trieben Allotria, erzählten uns Schnurren oder kleinen Stadtklatsch; Carl Müller las faule Romane vor oder übersetzte uns den Homer oder die Hölle Dantes aus dem Urtext; oder wir sangen ein Studenten= lied und Einer von uns gab Abends die frisch an= gekommene Zeitung zum Besten. Vor uns auf dem Ladentisch stand eine Spieluhr mit dem Offenbach= schen „Mene=laus, der gute, =laus der gute, Mann der Helena" im Leibe, welches wir sie zur Ab= wechselung Tags wohl zehnmal heraushaspeln ließen. Das war ein gesundes Lachen, eine herzlich laute

Freude in dem Stübchen am öden Markte, wie ich es seit dem noch nie wieder mitgemacht habe. Und bei dem Allen war der Meister an seinem Werktisch, hörend und mitsprechend, mitlachend, dabei, — und seine „Muttersch,“ eine siebzigjährige gespaßige, lebenslustige Alte, die ein ausgezeichnetes Essen zu kochen verstand, gleichfalls.

Carl Müller war ein „Genie,“ wie auf der Schule mit Vorliebe manche aparte Geister genannt werden. Er säete und erntete nicht, und sein himmlischer Vater ernährte ihn doch; d. h. er „ochste“ nicht, er schrieb keinen Buchstaben zu Hause, und doch wurde er alle halbe Jahre „mit Glanz“ versetzt. Am liebsten lag er, den Kopf von beiden Händen getragen, bäuchlings auf dem alten, abgelederten Sopha und „schmökerte“: Räubergeschichten, Mordgeschichten, alles Mögliche, nur nichts „Klassisches.“ Er wollte studiren, — Jura. Das war sein offizieller Lebensplan, sein eigentliches Herzens-Ziel aber war: er wollte berühmt werden, — sei es als Schauspieler oder Dichter. Natürlich hatte er schon sein halb Dutzend Tragödien geschrieben, natürlich war „Conradin von Hohenstaufen“ darunter, und natürlich hatte er seine Opera ein jedes schon ein Dutzend mal ohne jede Antwort von den verschiedensten Bühnenleitern zurückerhalten. Seine Leidenschaft aber war es, uns etwas vorzudeklamiren, Monologe aus Schauspielen oder dergleichen. Seine Lieblingsstücke waren „Lenore" und Marc Antons „Mitbürger, Freunde, Römer, hört mich an"; das gab er uns auch gern englisch zum Besten: „friends, Romans, countrimen, lend me your ears," ob wohl wir nichts davon verstanden. Dann hob sich seine an und für sich interessante Erscheinung zu einer fremdartig idealen Schönheit empor: wie er da stand, das lange schwarze Haar rücübergekämmt, gleichsam sich sträubend, die dunkeln Augen unheimlich blitzend, den schlanken Leib vorgebeugt, die Hand zu wirkungsvoller Geste ausgestreckt. Die Stelle: „nun tanzten wohl im Mondenglanz," von ihm in abendlicher Dämmerung vorgetragen, trieb uns Zuhörern regelmäßig ein gelindes Gruseln über den Rücken. — Einmal mußte ich wirklich mit ihm nach einem kleinen Badeort reisen, wo eine Schmiere ihre Zelte aufgeschlagen hatte: er wollte sich ernstlich als Schauspieler engagiren lassen.

Aber der Direktor hatte Gagetag und war den ganzen Tag über nicht zu sprechen, und so zogen wir unverrichteter Sache wieder ab. „So eng' ist die Grenze —": wenn er den Schmieren-Inhaber getroffen hätte, — wer weiß, ob er dann jetzt, anstatt als wohlbestallter Amtsrichter irgendwo in seinem gemüthlichen Terminszimmer zu sitzen, nicht schon längst hinter einem Gartenzaun verkommen wäre. — Wir Beiden thaten nie, — außer zum Bureau oder zur Schule — einen Schritt der Eine ohne den Andern aus dem Hause; wir waren draußen immer beisammen: das nöthige Geld für unsere unschuldigen kleinen Kneipereien legte ich aus. Carl Müller war von Hause „klamm," seine Eltern waren todt; er zehrte von den Zinsen eines kleinen ihm ausgesetzten Capitals; ich war ihm gegenüber mit meinen fünfzehn Thalern monatlich der „reiche Mann." So ging die Zeit meines Dortseins hin; ich wurde versetzt und ich weiß noch, wie heute, wie ich auf der Anhöhe stand, unterhalb derer wie in einem Schoße das kleine Nest lag, das böse, klatschhafte, langweilige Nest mit seinem Spaziergang von sieben Bäumen um die Stadt, dies Nest, das ich so oft verwünscht hatte aus Herzensgrund. Und jetzt, darauf zurückblickend, weinte ich stille, brünstige Thränen bitterer Wehmuth, beim Scheiden von dem Ort tiefsten harmlosen Seelenfriedens, von den drei guten, lieben Menschen, und vor Allem von meinem schwärmerisch idealen Freunde, dem seltsam veranlagten Genie Carl Müller. —

Noch einmal, nach Jahren, sollten wir uns wiedersehn. In der großen Stadt, in die ich versetzt war, begegnete ich ihm als flottem Bruder Studio mit der bunten Mütze schief auf dem Kopfe einmal zufällig auf der Straße. Er brachte seine großen Ferien zum Besuch in der Stadt zu und besuchte mich dann und wann öfter seitdem. Aber wir Beiden waren das nicht mehr, was wir in dem weltabgelegenen, stillen Nest gewesen waren; die Jahre, die Lebensverhältnisse hatten andere Menschen aus uns gemacht, namentlich aus ihm. Er war nicht mehr der harmlos geniale Junge von damals. Aus seinem Wesen klang merkbar etwas durch wie das unvermeidlich hervortretende Selbstbewußtsein eines Studirten gegen einen Unstudirten: ich bin ein akademisch gebildetes Stückchen Menschheit und Du bist nur ein Subalterner, eine Schreiberseele, ein „Knote." Er war trotz seiner bunten Mütze immer noch so „klamm" wie früher; ich hielt ihn bei all unsern Ausgängen frei, und war hocherfreut, daß ich dazu Gelegenheit hatte. Aber wer weiß, ob dieses Freihalten nicht der Hauptgrund seiner Herab= lassung war, mich mit seinem Besuch zu beehren. So sehr auch diese pekuniäre Abhängigkeit von mir seine akademische Überhebung mir gegenüber im Zügel hielt: obgleich sieben Jahr jünger als ich konnte er das Gebahren einer intellectuellen Oberherrschaft nicht von sich fern halten. Da wurde er krank an den Augen; allein stehend in der Welt, inmitten einer wildfremden Menschheit, wußte er nicht, wohin. Selbstverständlich nahm ich den armen Jungen bei mir auf in meine „Kneipe": er schlief in meinem Bette, ich auf dem Sopha; er aß und trank an meinem Tische mit. Nach ein paar Wochen war er wieder hergestellt; ehe er aber wieder ab= reiste nach seiner Universität, hinterließ er mir eine recht böse, böse Erinnerung an ihn für Zeit= lebens: was er da that, war ein schlechter, war ein Bubenstreich.

Bei unserem abendlichen Umherschlendern durch die Straßen der Stadt hatten wir die Bekanntschaft eines allerliebsten, blondzöpfigen Mädchens gemacht. Zuerst bewarben wir uns in naivem Nebeneinander um ihre Gunst; als sie aber ganz unverhohlen mir den Vorzug gab, nahm das Ding eine andre Wendung: seine ganze Leidenschaftlichkeit pulverte auf in einer wahnsinnigen Eifersucht gegen mich, an der auch noch verletzte Eitelkeit ihr gutes Theil hatte. Ein Genie von Hause aus und ein akademisch gebildetes Stück Menschheit obenein hatte den Kürzeren gezogen gegenüber einer Subalternenseele! Bei meiner vorgesetzten Behörde ging eine anonyme Denunziation gegen mich ein; darin wurden mir die bodenlosesten Gemeinheiten nachgeredet, die aber alle in einem Atom von wahren Thatsachen harmlosester Natur wurzelten. Eine mündliche Erklärung meinerseits genügte, um die Sache amtlich beizulegen, aber mein frommer Kinderglaube an die Menschheit war vergiftet für immer; der Verrath dieses Carl Müller an mir war ein Unglück für mich; schon frühzeitg hatte er mich zum Pessimisten gemacht. In der ersten Zeit dachte ich an diesen

Menschen mit Abscheu und Widerwillen, der sich im Laufe der Zeit, die ja Jedem so viel bittere Erfahrungen bringt, in Gleichgültigkeit verwandelte, bis ich zuletzt nun schon seit Jahren das stille Nest mit sammt dem elenden Jugendfreunde ganz und gar vergessen hatte. Nur las ich einmal in einer Zeitung von der Beförderung eines Assessors Carl Müller zum Amtsrichter in einem Orte an der fernen Grenze, und Jemand, der ihn persönlich kannte, wollte ihn auch dort gesehen haben.

Nun bekam ich den Auftrag gegen jenen beklagenswerthen Schreiber; beim Klange des Namens Carl Müller tauchte die ganze stillfriedliche Herrlichkeit jener Zeit aus meiner Jugend in mir auf: so muß sich an Einem Tage alle hundert Jahr einmal aus dem Meere die versunkene Stadt beim Klange der Mitternachtsglocke emporheben. Ich sah wieder den veröbeten Marktplatz in dem stillen Städtchen, das kleine friedliche Haus, und darin das traute Stübchen, den Ladentisch darin; sah den Meister, die alte „Muttersch," sah daran mich und Carl Müller mit seinen schwärmerisch glänzenden Augen, den schwarzen, aus der genialen Stirn zurück=

gekämmten Haaren und der lebhaft, wie prophetisch ausgestreckten Hand da sitzen. Die ganze Wemuth süßer Erinnerung an schöne Tage kam über mich, sobald ich nur den Namen Carl Müller laut vor mir hinsprach, auch erschien mir jetzt sein perfides Thun von damals in einem weit mildern Lichte, kam mir weit eher wie eine jugendliche Albernheit, entschuldbare Thorheit unreifen Lebensalters vor, als wie eine unsühnbare Gemeinheit des Herzens. Wer weiß, wessen ich damals, wenn in der Lage meines leidenschaftlichen Freundes, fähig gewesen wäre. — Carl Müller war auf Augenblicke wieder die angebetete Idealgestalt glücklicher Tage, die da gewesen sind. Um seines Namens willen gewann ich den mir wildfremden alten, verfallenen Schreiber mit dem Pergamentgesicht unter dem struppigen Haarwuchs geradezu lieb. So erweckt eine Melodie, die, im Opernhause kunstreich zu Gehör gebracht uns hinschmelzt in Wehmuth, wenn wir sie nach Jahren wieder hören, in uns genau dieselbe schmachtende Stimmung wieder, ob wir uns gleich in ganz anderer Lebensverfassung befinden und ein Bäckerjunge auf der Straße es ist, der das Lied pfeift.

Solche Erinnerungen waren es, die auf meinem Wege zum armen Schlucker, dem Schreiber, um ihn auszupfänden und an die Luft zu setzen, mein Hirn durchkreuzten, allerdings, nicht entfernt in der Ordnung, wie ich sie hier wieder erzähle. Die Thür zu seiner Bodenkammer=Stube war unverschlossen, ich trat ein und fand sie leer, — leer von Menschen und Möbeln, bis auf einen dreibeinigen an die Wand gelehnten Tisch, einen Stuhl und an der Erde umherliegende Lumpen; die Fenster hatten keine Gardinen und waren bis zur Undurchsichtigkeit mit dicken Blumen befroren, der Kanonenofen war eiskalt. Und hier wohnte ein Mensch! Furchtbare Scene der Armuth innerhalb der Civilisation! Und von diesem Bettel sollte ich noch etwas pfänden! Und die menschliche Creatur, hausend in solcher schaurigen Unwirthlichkeit, sollte ich hinaussetzen aus diesem Elend, hinaus in ein noch größeres, — auf die erbarmungslose Straße! Zum ersten mal wurde mir angst wegen Ausübung meiner Amtspflicht, zum ersten Male wandelte mich etwas an wie Widerwille, Abscheu vor meinem Beruf handgreiflicher massiver Lieblosigkeit. Das Geschrei eines kleinen

Kindes ließ sich von hinter der Kammerthür hören. Da lag gewiß, um sich vor der grimmen Kälte zu retten (wir schrieben Januar) der Unglückliche mit seinen kleinen Würmern im Bette — am hellen, lichten Tage. Wie das fertig bringen, sie hinauszujagen! Wie sollte das enden! Ich klopfte an die dünne Kammerthür, mit Zittern und Zagen. Es wurde nicht geöffnet. Ich rief: „Aufmachen! der Gerichtsvollzieher ist da!" Keine Antwort, — aber ein Ruscheln und Rascheln und Rauschen hinter der Thür und dann ein furchtbares Gekreisch von Kinderstimmen: Papa! Papa! Papa! lieber, lieber Papa! —" Da war was passirt! Da galt es eingreifen um jeden Preis — schnell! Ich lehnte meine Schultern gegen die schwache Thür und sprengte sie mit einem einzigen mächtigen Ruck — und, — was sah ich da — — —

Ich will die Erinnerung an diese Schauerscene abkürzen: der arme Schreiber hing über seinem Bett an einem Nagel; schnell schnitt ich ihn los, und es gelang mir, ihn in's Leben zurückzubringen.

Als der Unselige die Augen wieder aufschlug, starrte und starrte er mich lautlos an; immer größer und größer wurden seine Augen, bis er jählings aufschrie: „Gustav!"

Gustav heiße ich.

Mein Blut in den Adern wollte mir zu Eis erstarren.

Um es kurz zu machen: dies arme unglückselige Geschöpf mit dem Aussehen eines Sechszigjährigen war mein Jugendgenosse; dieses verkommene, verschrumpfte Bild des Elends war der schöne Idealist, das schwärmerisch begeisterte Genie; dieser Schreiber Carl Müller war m e i n Carl Müller aus meinen Jugendtagen in jenem stillen Neste.

Als er wieder zu sich gekommen war, erzählte er mir seine Schicksale. — Er hatte ausstudirt und trat als Referendarius bei einem Gerichte ein. Aber dies Protokolliren in den Sitzungen, dies Abfassen von Referaten über Leckage und Traufrecht, das altväterische Landrecht, die gleichsam knisternd trockene Civilproceß-Ordnung, war ihm ein Gräuel, das Alles widerte ihn an; noch immer schwärmte er für's Theater, Literatur, Shakespeare, tragische Declamationen und Dichten von Trauerspielen. Dazu kam noch die grausam öde Perspective des juristischen Berufs — im Alter von vierzig Jahren vielleicht den ersten Pfennig verdienen; ferner seine „Klammheit," die ihn zu armseligem Auftreten inmitten seiner wohlsituirten alten und jungen Collegen zwang. Sie behandelten ihn wegwerfend, er bekam in allen Stationen schlechte Censuren. Um seinen Abscheu noch zu vollenden, wurde der Instinct nach eigenem Heerde in ihm wach: er schmiß also — um drastisch, wie er, zu reden — den ganzen juristischen Bettel von sich, heirathete eine sechste oder siebente Liebhaberin und suchte sein Brot durch Stundengeben und belletristische Arbeiten — Romane und Novellen — zu verdienen. Aber ebensowenig wie für die Justiz, war er für das Unterrichten geschaffen, auch seine literarischen Leistungen waren nicht zu gebrauchen: sie wurden ihm alle zurückgeschickt. Nun fing sein entsetzlicher Kampf um's Dasein an: er versuchte es in all' den Stellungen, von denen sein geschwätziger Wirth mir schon erzählt hatte, aber ihn verfolgte es wie ein Fluch, er war nirgends zu gebrauchen; er hatte studirt, aber zu wenig, um sein Wissen praktisch verwerthen zu können, und zu viel, als daß er den Ellenbogen=

kampf des Daseins hätte bestehen können. Es war seine tragische Schuld, daß sein Herz, seine Gedanken immer und überall anders, als bei der trivialen Arbeit waren. Zuletzt aber überwand er doch seinen sträf= lichen Gedankenleichtsinn, er gewöhnte sich hinein in das mechanische Rackern und Schinden; mit Hülfe von Empfehlungen gelang es ihm, als Schreiber bei einem Gerichte anzukommen. Er fing an, bei seinem Abschreiben vom frühen Morgen bis in die Nacht hinein, das ihm bis fünfzehn Thaler monatlich einbrachte, sich verhältnißmäßig wohl zu fühlen. Er nahm sich zusammen. Da meldeten sich zwei Militairanwärter als Lohnschreiber und der Civilanwärter mußte das Feld räumen. Nun war er ohne Stelle und bekam auch keine wieder. Er trat jetzt in das furchtbarste Stadium des modernen Kampfes um's Dasein: in den vergeblichen Kampf um ein Plätzchen zum Kämpfen. Damals, vor acht Tagen, als ich das erste Mal über seine Schwelle trat, keimte der Entschluß in ihm, das Schreckliche zu thun, was er heute gethan hatte. Nicht so sehr hatte das Entsetzen ihn gepackt, daß ein Gerichtsvollzieher seine Behausung heimsuchte, als daß der Gerichtsvollzieher sein gutmüthiger, mit Verrath von ihm belohnter Freund Gustav war.

Natürlich brachte er dies Alles nicht so geordnet, wie ich hier, vor, sondern stoßweiße auf einzelne Fragen, unterbrochen durch Stöhnen der Erschöpfung, Aechzen der Scham und Reue, nach Pausen mühevoller Sammlung. Und immer wieder brach er in das Gejammer aus: „Gustav, warum hast Du mich wieder in's Leben zurückgebracht, in dies elende Dasein! Ach, das Nichtsein war so köstlich, so traumhaft schön! Nun hab' ich den Muth nicht wieder dazu; was fang ich nun an mit meinen drei Würmern? Arbeit bekomm' ich nicht wieder. Du wirfst mich jetzt hinaus auf die Straße. Keinen Pfennig hab' ich, um die Miethe voraus zu bezahlen, wie es jeder Hauswirth von Unsereinem verlangt. Ich muß auf's Armenhaus mit meinen Würmern!"

Unendliches Weh schüttelte mich beim Anblick der verfallenen Jammergestalt vor mir. Carl Müller war immer für mich das leibhafte Sinnbild feuriger Jugend gewesen: war von „Jugend" die Rede, so stand er mit seinen schwarzen langen Haaren und blitzenden Augen vor meinem Geiste. Die Gestalt da vor mir war für mich das Bild handgreiflichen Verfalls der Jugend. Er war nicht mehr er für mich: das dort war ich selber in dem Zustande, der auch über mich einmal kommen würde, das war das personificirte Bild des Schicksals, das uns Allen bevorsteht.

Wie Weinen und Schluchzen kam es über mich.

Ich legte ihm die Hand auf die Schulter. „Carl, mein Junge, ich werfe Dich nicht auf die Straße. Ich bezahle die dreißig Mark Miethe für Dich; dann läßt der Wirth Dich recht gern wohnen."

Wie blitzte es da freudig aus seinen Augen: das war der feurige Blick des alten — d. h. des jungen Carl Müller von damals. Aber gleich darauf schlug er stöhnend die Hände vor's Gesicht. „Ach, was hilft mir das! Keinen Pfennig! Keine Stellung! Nie wieder bekomm' ich eine! Ich muß in's Armenhaus mit meinen Würmern!"

Ich rang mit einem Entschlusse: jetzt kam er zum Durchbruch. Ich strich dem Aermsten mit

meiner Hand über die eingefallene, vom Bart=
gewirr struppige Wange. „Carl, mein Junge! sag
mir aufrichtig: bist Du mit dem Idealismus fertig?
Hast Du Shakespeare, Trauerspieldichten, Decla=
miren, Schauspielern abgethan? Hast Du mit dem
Geniethum aufgeräumt für immer?"

Da sprang er auf mit einem wilden Satze,
seine Augen funkelten wie in wüthendem Haß;
grimmig streckte er die geballte Faust aus. Das
war ganz sein Bild von damals, aber keine Comö=
dianterei, — bitterster Herzensernst. „Verruchter
Idealismus!" zischte er zwischen den Zähnen in die
Luft, wie auf eine anwesende Person zu: „wahn=
sinniger, bodenlos undankbarer Idealismus, du
grinsendes Ungeheuer! — hätte ich dich vor mir, —
ich würgte dich ab! Das Mark hast du mir aus
den Knochen gesogen; hätte ich dich — mit den
Zähnen würde ich dich zerreißen. — Geniethum?
Verflucht! — Nein, arbeiten, arbeiten würde ich,
von der Nacht in die Nacht, für fünfzehn Silber=
groschen täglich — essen, trinken, schlafen, denken,
nur um zu arbeiten. — Aber ach, es ist zu spät;
ich bekomme keine Stelle wieder!"

Damit fiel er wie bewußtlos zurück auf seinen Stuhl.

Ich rüttelte ihn sanft am Arme. „Carl, mein Junge, ich habe einen Bekannten, einen Collegen, — ein recht guter, umgänglicher Mann; der braucht einen Bureauvorsteher — pro Monat hundert Mark; auf meine Empfehlung nimmt er Dich. Willst Du die Stelle?"

Er sah mich mit großen Augen, wie bewußtlos, wie geistesabwesend an. Dann löste sich seine Erstarrung in Thränen auf; von heftigem Schluchzen unterbrochen, rief er: „Gustav, Du treibst einen grausamen Scherz mit mir, ich — eine Stelle! — ich — hundert Mark monatlich — —"

Um zu Ende zu kommen: ich nahm ihn als meinen Bureauvorsteher an. Einen glücklichern Menschen auf Gottes weitem Erdboden, als ihn, gab es nicht. Für ihn, der sich wochenlang ohne einen Pfennig durchgeholfen hatte, waren hundert Mark monatlich ein unsagbarer Reichthum, von dem er sich im Lauf der Jahre ein hübsches Sümmchen sparte. Aber ich meinerseits weiß nicht, ob ich weniger froh und glücklich war als er. Ein Bureau=

vorsteher, der fleißiger, gewissenhafter, auf das Interesse seines Chefs erpichter war, als er, hätte sich nirgends finden lassen.

Und so wird der Bureauvorsteher Carl Müller mit seinem Chef, so Gott will, zusammenbleiben bis zum seligen Ende des Einen oder Andern.

Der Alte und sein alter Hund.

So alt war er eigentlich noch gar nicht: sein Bart war noch schwarz, und sein Kopfhaar fing erst an, sich mit Grau zu versetzen. Zwar starrten für gewöhnlich seine Augen fremd und theilnahmslos in diese Welt hinein, in der für ihn nichts mehr vorhanden war; aber ich habe später einige Mal gesehen, wie bei Gesprächsgegenständen, die ihn interessirten, seine Augen aufflackerten in jugendlicher Glut. Seine Schritte, wenn er mit den Händen auf dem Rücken dahinging, waren langsam, aber noch fest und sicher; sein Oberkörper war vorn über gebeugt — jedoch nicht von der Last der Jahre, sondern von Stunden des Kummers und des Grams: gleichsam als bestünde sein Dasein darin, in düstrer Grübelei vor sich am Boden die Erlösung von seelischer Pein und unfindbare Wahrheit zu suchen. Nicht also ursprünglich leiblich — er war seelisch alt, aber dem Mantel des Fiesco muß Fiesco nach.

Bekannt mit ihm bin ich auf ganz gewöhnliche Weise geworden. Nach des Tages Dienstlast und Geschäftshitze — wenn ich meinen amtlichen Adam mit Dienstmütze und Uniform aus- und den Civil-Adam in Filzhut und Joppe angezogen hatte — ging ich, die Gehirngänge frei von Zustellungen und Pfändungen, dann und wann spazieren auf dem Asphalt der Straßen, oder draußen in den Schattengängen der Anlagen der Stadt; vor mir her tollte in unbändiger Lebenslust mein Fingal. Da begegnete mir dann einige Male in der Stadt der junge alte Mann, gleichfalls mit seinem alten Hunde. Das arme Thier schlich mit hängendem Kopf und Schwanz kraftlos, lebensmüde hinter seinem kraftlosen, lebensmüden Herrn daher — eine doppelt traurige Besiegelung der Hinfälligkeit des Irdischen. Die beiden Köter — der seine und der meine — vergaßen bei ihrer Begegnung nie den bekannten Hundegruß: so stark war auch in jenem abgelebten alten Thiere noch der Instinct der Gattung. — Verschiedene Zufälligkeiten giebt es, die wildfremde Menschen zu einer Grußbekanntschaft einander nähern können: die Bitte um und die Gewährung von Cigarrenfeuer auf der Straße, das Abtreten der Schleppe vom Kleide einer Dame durch einen Herrn und dann die rührend bestürzte Bitte um Entschuldigung seinerseits; die spielende Annäherung von Kindern beider Theile, und endlich desgleichen von — Hunden. So gelangten auch wir Beide durch Vermittelung meines jugendfrohen „Fingal" und seines dem „Allewerden" nahen „Dally" auf einen oberflächlichen Grußfuß zu einander.

Auf einem Spaziergange an einem geschäftsfreien Abend durch die Anlagen vor der Stadt traf ich meinen „Alten" geknickt und gebückt, das Kinn auf seinen Stock gestützt, auf einer Bank sitzen, aber ohne seinen alten Hund. Das interessirte mich als Hundeliebhaber. Da ich Zeit hatte, überdies mir der Mann wegen seines augenscheinlichen Seelenleidens im Hintergrunde seiner körperlichen Hinfälligkeit sympathisch war, riskirte ich eine etwas längere Zwiesprache, blieb vor ihm stehen und redete ihn an: „Na, wo haben Sie denn Ihren alten Freund gelassen?"

„Ach, das arme Thier muß zu Hause bleiben; es kann nicht mehr mit, der Weg ist ihm zu weit," erwiderte er mit leiser, aber doch noch sympathisch tief nachklingender Stimme: „nun, hoffentlich wird's ja mit uns Beiden bald zu Ende sein."

Und ein hohler, trockener Husten aus der schmalen Brust folgte diesen Worten. Was er da von sich und seinem Hunde sagte, war auch durchaus meine Ueberzeugung, aber die Civilisation verlangt ja gegenüber solcher trostlosen Selbsterkenntniß eine trösten sollende Lüge.

„Nun, nun, so schlimm ist's gewiß noch nicht; Sie und Ihr alter Freund werden wohl noch manches Jährchen leben."

„Schlimm? Ach, lieber Herr, nennen Sie das ja nicht schlimm; es ist das Einzige, worauf ich mich sehnlich — ach, wie sehnlich! — freue.

„Wenn das Beten heutzutage noch was hälfe, würde es mein einziges, mein heißestes Gebet sein, daß der Blitz mich träfe — aber auf der Stelle tödte — mich und meinen alten Dally. Aber, dem Himmel sei's geklagt, ich bin zu zähe, viel zu zähe. Was habe ich meiner Gesundheit schon Alles geboten! — aber ich lebe doch noch, ich und mein alter Dally —"
Und wieder unterbrach ihn der hohle, öde Husten.

Das war Pessimismus, echter, unverfälschter Pessimismus. Mein oberflächliches Interesse aus der Entfernung wuchs zu wirklicher Sympathie an. Ich machte Miene, mich neben ihn zu setzen, und er rückte, Platz machend, ein Endchen nach der Ecke der Bank hin; ich setzte mich.

„Ihnen muß aber wirklich recht Böses widerfahren sein, Herr Nachbar," sagte ich diesmal aus warmem Herzen, ohne alle Höflichkeitsphrase.

„Ach, nichts besonders Schlimmes; nichts, was nicht Jedem passiren kann, und schon Millionen passirt ist. Aber bei mir kam's so — so haufenweise, so ohne Gnade und Barmherzigkeit, und dann — — vielleicht, daß andere Menschen leichter darüber fortkommen; aber ich — —" Wieder dieser hohle, vielsagende Husten.

„Falls Sie es einem wildfremden Menschen nicht übel deuten würden, wenn er Sie bäte — — freilich erleichtern würde ich Ihnen Ihr Leid auch nicht können — —"

„Ja doch, es erleichtert Einem schon das Elend, wenn man es in ein mitfühlendes Herz schütten kann. Aber glauben Sie ja nicht, daß ich dem ersten

Besten auf der Straße meinen Jammer preisgeben würde. Wer ihn nicht so ohne mich erfahren hat, für den liegt er tief in mir vergraben. Doch Ihnen hab' ich's gleich das erste Mal angesehen, daß Sie ein gutes Herz im Leibe haben. Stummes Elend bekommt scharfe Augen für die Echtheit des Mitgefühls Anderer. Aber wozu die langathmige Einleitung? Was dahinter kommt, finden Sie vielleicht ganz unbedeutend! Ich bin also von Beruf ein Maler. Ursprünglich sollte eigentlich solch' ein Kunst=Maler aus mir werden, —" und dabei lächelte er so müde und gleichsam mühsam — „aber ich kam noch zur rechten Zeit zur Erkenntniß und etablirte mich als ganz gewöhnlicher Stubenmaler — und ich stand mich nicht schlecht dabei: mein Geschäft kam in Blüthe, ich wurde wohlhabend. Ich hatte mir ein braves, liebes Mädchen genommen, die mir zwei Kinder schenkte, ein Paar Jungen, die kräftig und herrlich gediehen. Da —" und das Folgende flüsterte er wie kraftlos, mit heiserer Stimme und in Pausen des Stockens, indem er sich wie mit Gewalt zum Weitersprechen zwang — „sehen Sie, da — bekam mein Aeltester beim Militär die Schwindsucht und

— starb. Kurz darauf — — erschoß sich mein Jüngster an einem öden Fleck im Busch, weil er nicht nach Prima mit versetzt ward, und ein — — Jahr darauf — — schloß ich meinem guten — — braven — — Weib — — die Augen. Sehen Sie — — das ist — — meine simple — — kurze Geschichte."

Die letzten Sätze hatte er mehr gekeucht und wie rasselnd von sich gestoßen; am Schluß bedeckte er seine beiden Augen mit beiden Händen und stöhnte tief auf, als sollte es sein letzter Athemzug sein.

Ja, kurz war die Geschichte, aber herzbrechender, als ein vierbändiger Roman eines Dichters. „Ich fühle wohl," sagte ich, „was Sie fühlen; auch ich habe Weib und Kind, und was Ihnen widerfahren, kann auch mir widerfahren. Da begreife ich wohl, wie gleichgültig Ihnen das Leben geworden sein muß."

„Weib und Kinder todt — und ich lebe noch! Ich komme mir vor unter den Menschen wie ein Gespenst am Mittag. Das Leben gleichgültig? Ach, zum Anwidern verhaßt. Können Sie sich vorstellen, was es heißt: einen Morgen wie alle Morgen auf=wachen, und auf nichts hoffen, an nichts sich freuen als darauf, daß man am nächsten Morgen vielleicht nicht wieder erwacht?"

„Armer, armer Mann, Sie haben viel ertragen!"

„Und das nun schon zehn Jahre lang; aber noch einmal so lange dauert es nicht mehr." Und dabei lächelte er in seiner unheimlich mühsamen Weise. „Ach, wenn nur das entsetzliche Denken nicht wäre! Darin ist ein Thier besser daran als unsereins Mensch. Wenn ich meine Buben so vor mir sehe" — und er hielt die flache Hand weit vor sich, als ob sie sich darin abspiegelten, — „mit ihren Barettchen auf dem Kopfe, das Lederschürzchen vorgebunden, im Sande buddeln, — — o! o! o!" —

Und er stöhnte, als wollte ihm schon jetzt die Seele aus dem Leibe fahren.

Nur um ihn auf andere Gedanken zu bringen, fragte ich: „Und haben Sie Ihr Geschäft danach fortgesetzt?"

„Weib und Kinder todt — und das Geschäft fortsetzen! Nein, von da ab gelangte ich auf den Standpunkt, daß mir Alles, aber auch Alles, sage ich Ihnen, egal war. Das ist ein fürchterlicher, entsetzlicher Standpunkt. Ich verliederte — aber mit voller Absicht, mit nüchternstem Bewußtsein — mein Geschäft; ich wollte meine Existenz an den aller= äußersten Rand der Möglichkeit, zu existiren, herunter= bringen, daß sie dann überkippte in das ewige Nichts, — ich wollte sterben, — aber ich lebe noch. Es stirbt sich nicht so leicht; man wird eher ein lebender Lump, als ein todter Mann. Ich sage Ihnen, lieber Herr, ich habe ein zu zähes Leben," und dabei kam wieder der Husten so hohl und trocken aus seiner Kehle. „Mit Schimpf und Schanden — — aber das ist mir Alles egal: wollte ich's doch so, — habe ich mein Geschäft aufgegeben; sie haben mich verklagt von allen Ecken und Enden; sie haben mir das überflüssige Bett unterm Leibe abpfänden lassen; ich habe den Offenbarungseid ge= leistet." —

Das wäre ja mein Fach, dachte ich bei mir, das muß schon lange her sein, sonst müßte ich ihn doch aus meiner Kundschaft her kennen. Ich fragte ihn, wie lange seine Prozesse schon her seien.

„Schon lang, lang ist's her" — und er lächelte wieder in seiner weltabgelegenen Weise, „schon zehn Jahr."

Ja, freilich damals war ich noch nicht hier, ich war erst aus dem neuen Verfahren hierhergekommen. „Und wenn ich fragen darf, wie bringen Sie sich jetzt durch? Bekommen Sie etwa — — etwa — —"
„Nur heraus! Armengeld meinen Sie? Nein, das geben sie mir nicht, weil ich noch einen Hund halten kann, Steuer dafür zahlen und ihn unterhalten; wer das kann, sagen sie, braucht kein Armengeld, und darin mögen sie auch Recht haben. Aber meinen guten alten Dally ließe ich nicht fort, und sollte ich Hungers sterben."

Er mußte einen halb verwunderten Seitenblick von mir zu ihm herüber mit dem scharfen Blick des Elends aufgefangen haben. „Sie lächeln, lieber Herr, Sie halten diese Hundeliebe für eine Schrulle, für eine halbe oder totale Verrücktheit: selber keinen Bissen Brod vielleicht für sich, und sich dann doch einen Hund halten gegen neun Mark Steuern jährlich! Aber, lieber Herr, wenn Sie sich in meine Seele hinein versetzen können, werden Sie es für keine Verrücktheit halten. Das gute, liebe Geschöpf hat noch meine glücklichen Tage mit erlebt; ich hatte ihn schon, als er noch als dummschnäbliges Dingelchen unbeholfen umherwatschelte, die Welt anbellte, nur Milch soff, nicht unterm Sopha hervorwollte und zum Jammer der Frau die gute Stube noch nicht vom Laternenpfahl unterscheiden konnte. Und als er größer wurde und klüger, und er auf unseren Spaziergängen vor uns vorweg vor üppiger Lebens= lust Kobold schoß, — o, dieses arme alte Wesen steht in allen seinen Lebensstadien noch so lebhaft vor meinem Geiste, wie — wie meine — Kinder damals. — Aber lieber Herr, darüber müssen Sie gewiß in sich hineinlächeln?"

„Noch nie bin ich von Lächeln oder Lachen weiter entfernt gewesen als jetzt. Ich verstehe Ihre Gefühle und theile sie durchaus. Ist doch für das menschliche Leben das einzig werthvolle Element Wohl= wollen, Liebe, die man ausgiebt, empfängt, möge sie nun von einer vernünftigen oder unvernünftigen Creatur ausgehen, ihr gelten. Ohne Liebe, Wohl= wollen ist es besser für den Menschen, nicht zu leben."

„Wie Sie mir die Worte aus dem Munde, aus dem Herzen genommen haben, lieber Herr! Und nun denken Sie sich erst in meine Seele hinein:

allein auf Gottes weiter Erde — bis auf meinen armen guten Dally; er halb blind und dreiviertel gelähmt, würde noch heutzutage sein altes Hundeleben für mich lassen, er ist eben so verlassen in verödetem Dasein wie ich. Wie könnte ich diese liebe Creatur hülflos, allein lassen! Das käme mir vor wie ein Verrath, werth der Sühne im neunten Kreis der Hölle. Um seinetwillen muß ich noch leben — ich muß. Sie fragen mich, wovon ich lebe, lieber Herr? Sehen Sie, bei meinen alten Bekannten und Kunden, soweit es gute Leute sind, mache ich die Runde; sie geben mir was, Kleinigkeiten an Geld und Lebensmitteln, und ich copire ihnen dafür Photographien, Holzschnitte u. s. w. in Oel. Vielleicht machen sie dabei noch ein Geschäft, jedenfalls ist das von mir nur eine Bettelei, nicht schlimmer als die eines Leierkastenmannes."

Und dabei lächelte er wieder in seiner unheimlich seltsamen Weise. „Die Quellen fangen an schon sehr spärlich zu fließen! Sie bekommen mich mit den Jahren satt. Sonst brauchen Dally und ich sehr wenig, wenn nur die neun Mark Steuer und die sechsunddreißig Mark Miethe für meine Boden=

kammer nicht wären! Nun, ich denke, es wird bald alle mit uns Beiden sein. Mein einziger Wunsch ist, daß wir zusammen sterben: er nicht vor mir, ich nicht vor ihm, damit er, über den ich die Hände gebreitet habe, der nichts als Liebe erfahren hat Zeit seines Lebens, nicht noch unter einem Fußtritt auf einem Düngerhaufen seine letzten Tage verhauchen muß — —"

Ein Anfall seines hohlen Hustens aus der Brust verhinderte ihn, weiter zu sprechen. Bis jetzt war ein trübes, uneinladendes Wetter mit feinem Sprüh= regen gewesen, vor dem wir auf unserer Bank durch ein dichtes Laubdach geschützt gewesen waren. Das unfreundliche Wetter war die Ursache, daß keine Menschenseele hier spazieren ging, und wir ganz ungestört in unserer melancholischen Unter= haltung bis jetzt geblieben waren. Nun aber hellte sich der Himmel auf, die Sonne beglänzte warm die Erde, und wie mit einem Zauberschlage wimmelte es in den Anlagen von Menschen, gleich wie nach einem Regen die Regenwürmer sich zeigen. Mit unserer Unterhaltung war's vorbei, so wie so wäre auch vielleicht der Stoff dazu zu Ende gewesen.

Mein bejammernswerther Banknachbar bat mich dringendst, mich nur nicht mehr länger von meinem Spaziergange abhalten zu lassen und dankte mir tausendmal aus innigstem Herzen mit warmen Händedrücken für meine menschenfreundliche Theilnahme. Mit dem Wunsche auf gelegentliches Wiedersehn, und nachdem ich mir erlaubt hatte in Taschenspielerweise ein Fünfmarkstück unvermerkt in seine Rocktasche gleiten zu lassen, ging ich weg.

Mein pessimistisches Brüten über all' die Gefahren, die auch für das bescheidenste Glück düster herandrohen, ging unter in dem Wogenschlag des Geschäftsganges: das Bild des Alten mit seinem alten Hunde verschwand sehr bald in der Fluth von Aufträgen zu Zustellungen und Zwangsvollstreckungen. Aber die Erinnerung an beide Gestalten sollte mir auf ganz unerwartete Weise bald wieder aus der Vergessenheit hervorgeholt werden. —

Einige Tage nach dem Erzählten kam ein Lackfabrikant zu mir und legte mir einen alten vergilbten Vollstreckungsbefehl anno Domini long long ago — von vor über zehn Jahren in einem Betrage von über hundert Mark vor. Der Schuldner war ein längst krachen gegangener hiesiger Maler, alle Pfändungen waren gegen ihn fruchtlos ausgefallen; schon vor einem Jahrzehnt hatte er den Offenbarungseid geleistet. Nun hatte aber der Gläubiger kürzlich erfahren, daß sich sein Schuldner einen Hund hielt. „Der Racker, dieser nichtswürdige Lump, hält sich einen Köter, was unsereins sich nicht einmal gestattet wegen der neun Mark Steuer und der Unterhaltungskosten!" Nebenbei gesagt, war der Mann ein arger Hundefeind, nicht um die paar Mark Ausgaben war's ihm zu thun. Kurz und gut, ich sollte seinem bösen Schuldner, dessen genaue Adresse er mir bezeichnete, den Hund abpfänden, abpfänden um jeden Preis.

Der Schuldner war nach allen mir bekannten Umständen ohne allen Zweifel meine Bekanntschaft von neulich: der Alte mit seinem alten Hunde.

Dem Gläubiger, von seinem geschäftlichen Gesichtspunkt aus, konnte man nicht so ganz Unrecht geben, man konnte ihn noch nicht einmal roh und gefühllos nennen. Sein böser Schuldner hatte ihn „betrogen" und gestattete sich luxuriöse Ausgaben, anstatt auch nur den guten Willen zu zeigen, seinem

Gläubiger damit einen allerkleinsten Theil seiner Schuld abzutragen.

So hochpeinlich es mir auch war, mußte ich den Auftrag doch annehmen, und hätte ich ihn von Amtswegen ablehnen dürfen, so durfte ich das doch nicht vom geschäftlichen Standpunkt; überdies glaubte ich auch, es würde sich mir vielleicht Gelegenheit bieten, dem armen alten Menschen eine Schonung seiner verletzbarsten Gefühle angedeihen zu lassen, wie es ihm von keinem meiner Collegen geschehen wäre. Mit schwerem Herzen suchte ich also dies alte unglückliche Menschenkind in ganz anderer Gestalt als beim letzten Zusammentreffen in seiner Wohnung auf. — Wohnung! Es war ein Bodenverschlag unter lässigen Ziegeln mit rohen Holzwänden, ohne Koch- oder Heiz-Gelegenheit, mit Oeffnungen, weit mehr Luken als Fenstern ähnlich. Der traurige Raum enthielt weiter nichts, als in der Mitte einen Tisch und einen Stuhl, im Winkel eine Streu; an den Wänden herum standen mit der bemalten Fläche gegen die Wand, einige aufgespannte kleine Oelgemälde ohne Rahmen. Er selber, der Held dieses unwirthlichen "Wohn"-Raums, saß auf dem Stuhl, den Kopf mit der einen Hand auf den Tisch gestützt, die andere sanft über den Rücken seines armen alten Dally gelegt, der auf seinem Schooße lag und, mit dem Kopf und dem Schwanz über die Knie herabhängend, schlief. Dieser Anblick war ebenso unsäglich trostlos, wie der der Räumlichkeit, die ihm als Scenerie diente.

Bei meinem Eintritt richtete der arme verkommene Mensch stier seine Augen auf mich: weit weniger noch war, was da in seinem alten, abgenutzten Hirn arbeitete, Verwunderung über die ihm seit einem Jahrzent fremd gewordene Erscheinung eines uniformirten Menschenkindes, als der Dämmer von Erinnerung, der sich in ihm an diese Erscheinung hängte. Wie um sein leibliches Sehen zu unterstützen, hielt er die Hand über die Augen. Ich löste den Bann, der über ihm lagerte, indem ich mich ihm in beiderlei Gestalt vorstellte: als der Gerichtsvollzieher von heute und sein Banknachbar von damals. Rücksichtslos ganz seinen alten Dally vergessend, der träge mehr zur Erde fiel als glitt und weiterschlief, sprang der Alte auf, streckte mir beide Hände entgegen und rief mit einem von mir nie geahnten jugendlichen Feuer in Augen und Stimme:

„Ist es denn möglich! Solch' ein lieber, guter Herr, der einem armen Menschen in so liebenswürdiger Weise Etwas schenkt — ein Gerichtsvollzieher, der Einem das letzte Bett unterm Leibe fortzieht?"

Vor Freude war er außer sich; ohne Zweifel hatte er keine Ahnung, warum ich heute kam und zwar „spanisch." Rührend war sein komischer Eifer, mit dem er, um mir Platz zu schaffen Tisch und Stuhl aufräumte und abwischte, woran doch nichts aufzuräumen und abzuwischen war. Nun meine Aufgabe, ihn mit dem Zweck meines Kommens bekannt zu machen. So zu sagen die Zähne auf einander gebissen, setzte ich ihm mit Glimpf, aber deutlich und nicht mißzuverstehen auseinander, was ich leider bei ihm sollte und wollte. Aber da hätte Einer sehen sollen! Zu einer Leibesgröße aufgerichtet, die Niemand in dem zusammengesunkenen Mann geahnt hätte, stellte er sich mit flammenden Augen vor seinen zusammengekugelt, ahnungslos schlafenden Dally und rief mit nahezu donnernder

Stimme: „Herr, wer meinen Dally pfänden will, muß mich erst todtschlagen!"

Mit gütlichen Worten gelang es mir, den Aufgeregten, der jetzt am ganzen Leibe zitterte und vor einem Anfall hohlen, trockenen Hustens über den andern gar nicht zu sich kommen wollte, zu beruhigen und mit freundlicher Gewalt auf seinen einzigen Stuhl zu drängen. Ich setzte ihm meinen wohlgemeinten Plan auseinander. Ich wollte ihm seinen alten Dally pfänden — ich mußte es ja! — ihn auch abholen lassen, aber am andern Tage sollte er ihn, oder womöglich noch an demselben, heiter und wohlbehalten wieder haben. Erst war er, als ob er eine arge Kriegslist witterte, ängstlich zurückhaltend; als ich ihn aber fragte, ob er mir Tücke gegen ihn zutraue, drückte er mir mit noch einmal ausbrechendem Feuer beide Hände und dankte mir in überfließenden Worten für meine Menschenfreundlichkeit. Die Sache war abgemacht: in etwa acht Tagen wollte ich durch Jemand, der sich durch meine Zettel legitimirte, den Hund abholen lassen. Ehe ich abging, drehte ich in der Unbewußtheit gerichtsvollzieherlichen Instinkts noch die an der

Wand stehenden Bilder besichtigend um und zog den Tischkasten auf; es stand ein Carton darin. Ich öffnete ihn: es waren photographische Portraits und kleine Copien in Oel darin. Ich hielt ihm eins davon hin und fragte: „Das ist wohl — —."

Er hatte, wie ängstlich überwachend, bei meiner Durchschauung dabei gestanden, als ich aber das Bild hinhielt, wandte er wie in tödtlichem Entsetzen das Gesicht weg und streckte mir in verzweifelter Abwehr beide Hände dagegen aus: „Bei der ewigen Finsterniß, Herr, nicht diese Photographieen! Es sind meine Buben und mein Weib; seit sie ihre heißen, lieben Augen für ewig geschlossen, habe ich diese Bilder nicht wieder angesehen. Würde ich nur einen Blick auf diese ewig, ewig unvergeßlichen Gestalten, in diese treuen, guten Gesichter werfen — das Herz käme mir zur Kehle heraus, ich würde wahnsinnig. Um der Barmherzigkeit willen, legen Sie die Bilder wieder weg! So schon werden sie des Nachts lebendig, kommen aus dem Tischkasten heraus und umschweben mein Bett. Bitte, bitte! Fort, fort!"

Selbst in halbem Entsetzen über diesen traurigen

Schmerzensausbruch legte ich die Bilder, verpackt, schleunigst wieder an ihren alten Platz, schob den Tischkasten zu und ging. Noch ehe ich die Lattenthür hinter mir zumachte, sah ich, wie der Alte im Stuhl zusammenbrach, den Kopf weit überlehnte und beide Hände über die Augen schlug.

Das war die Pfändung, die mir wohl am schwersten in meinem Leben geworden war. Nun nahm die Sache ihren paragraphenmäßigen Verlauf. Ich ließ das „Pfandobject" in die Zeitung einrücken, und da stand unter den zur öffentlichen Versteigerung angekündigten sammetnen Polsterstühlen, diversen Weinen, Schlackwürsten, Juwelen, Tischen, Stiefeln auch ein „kleiner Hund, schottische Rasse". Am Versteigerungstage ließ ich den Dally abholen der auch vertrauensvoll bereitwilligst verabfolgt wurde. Unter den dichtgedrängten Bietern erregte das arme Thier eine rohe Heiterkeit und hätte ich es nicht in einem Winkel durch eine Barrikade von Schachteln, Kisten u. s. w. abgesperrt, so hätte es schon jetzt unter brutalen Fußtritten sein Leben, das vielleicht nur noch nach Wochen zählte, geendigt: in diese rohen Trödlerseelen fiel nicht ein Strahl von Mit=

leib mit der Tragik eines armen Hundedaseins. Jetzt kam die Reihe an die jammerselige Creatur, die sich apathisch wehrlos auf den Auctionstisch heben ließ, mit hängendem Kopf und hängendem Schwanz und sich gleich zum Schlafen darauf niederlegte. Ein Höllengelächter erhob sich über die vierfüßige Don Quijote-Gestalt.

„Ein kleiner Hund, schottische Rasse, wer bietet?"
„Fünfzig Pfennig!" erscholl es aus einer Ecke.
„Fünfzig Pfennig zum Ersten, zum Zweiten, zum — Dritten!" Bums! „Wer hat's?"

Der glückliche Ersteher drängte sich unter dem tollen Jubel der Trödler vor, zahlte seine halbe Mark, nahm den hindämmernden Dally untern Arm und zog, gestoßen, geschuppt, umjohlt aus dem Auctionslocal ab. Von da aus ging er sofort zur „Wohnung" von Dally's „Herrchen" und lieferte ihn wohlbehalten an denselben ab. Der Mann war ein mir bekannter Arbeiter, mit dem ich die Sache vorher zur Zufriedenheit des armen Alten verabredet hatte. Er konnte das Wiedersehen von Herr und Hund gar nicht rührend genug schildern. Der Herr des Thieres weinte wie ein Kind und

schloß es in seine Arme und herzte und küßte es:
"Gerettet! Gerettet! Mein armer Dally! Der
gute Herr!" Und der Hund gab kriechend, mit
vergeblichen Versuchen, zu springen, Laute von sich:
weit mehr Schreien, Weinen, Schluchzen eines Men=
schen, als Stimmäußerungen eines Thieres.

Aber damit sollte die Sache noch nicht erledigt
sein. Kurz darauf kam der Lackfabrikant wieder
zu mir in's Bureau. Er hatte Wind davon be=
kommen, daß der "alte Köter wieder im Besitze des
alten Rackers sei; der müsse wohl einen guten
Freund haben (und dabei sah er mich von der
Seite an). Aber nun sollte ich dem faulen Kopf das
räudige Biest nochmals abpfänden, und dann wollte
er schon dafür sorgen, daß es nicht wieder in die
Hände des alten Kerls käme; er wollte selber Jemand
mitschicken, der es abholen sollte, und Einen stellen,
der es für ihn erstehen sollte: und wenn das ruppige
Vieh einmal sein Eigenthum sei — dann — —!
Dem alten Kerl wollte er nun einmal seinen Spaß
verderben."

Mit der geschäftsmäßigsten Miene nahm ich
diesen wiederholten Auftrag an und schwieg gleich=

giltig zu diesen Expectorationen. Mochte es nun kommen wie es wollte, der Auftrag mußte auch diesmal erledigt werden, ich konnte dem Alten nicht helfen; ich durfte mir nicht wieder die Blöße geben, mich privatim einzumischen.

Aber der Beamte ist willig, doch der Mensch ist schwach. Wenn wir zu dem alten Leidensmenschen kämen und ihm ganz unvorbereitet seinen Leidensgefährten pfändeten und auf der Stelle mitnähmen, was für eine Jammermiene hätten wir da zu sehen bekommen! Mochte also für mich daraus entstehen, was da wollte, mit einem Vorwand vor mir selber stieg ich zur Bodenkammer hinauf. Ich fand das alte Wurm wie leblos, mit müden Augen auf dem Stuhl sitzen, wieder seinen alten Dally auf dem Schooß. Ich brachte ihm so gelinde wie möglich das Bevorstehende bei: vielleicht würde ich übermorgen wiederkommen, vielleicht den Hund gleich mitnehmen lassen; vielleicht würde sich die Sache nochmals machen, und er vielleicht das Thier nochmals wieder bekommen. Zu meinem Befremden hörte er das Alles im Gegensatz zu seiner Erregtheit am vorigen Male, gleichgültig als ob es ihn nichts anginge, an: „Ja wohl, lieber Herr, ich danke Ihnen, lieber Herr!" und dabei regte er sich kaum und sah mich kaum an.

Ich ging und kam nach zwei Tagen wieder. Ich hatte den Gläubiger benachrichtigen lassen; er kam und brachte einen Arbeiter zum Mitnehmen des Hundes mit. Die Bodenthür fanden wir offen. Welcher Anblick bot sich uns dar! Im Winkel auf seiner Streu saß aufrecht das alte Menschen= kind, auf seinem Schooß lag sein alter Dally. Bei näherer Untersuchung fanden wir Beide todt und bereits kalt. Auf dem Tisch lag ein Brief, an mich addressirt.

Ich las ihn gleich auf der Stelle. Er lautete:

„Lieber Herr Gerichtsvollzieher! Weil Sie ein so herzensguter Mensch sind trotz Ihrer Uniform verzeihen Sie diese Zeilen, die ersten seit langer Zeit und die letzten von mir für ewig. Soeben ist mein alter Dally in meinen Armen gestorben (ich müßte, wenn Sie ein Priester wären, wohl ein anderes Wort gebrauchen). Auch über mich ist jetzt ein Schlummer gekommen, ganz anders, wie all' die Jahre — süß, köstlich, einzig herrlich. Ich weiß: endlich, endlich wache ich nicht wieder auf. Wenn Sie diesen Brief lesen und vor mir stehen, dann sehe und höre ich Sie hoffentlich nicht mehr — Sie nicht und Nichts mehr auf dieser elenden Erde. — Nochmals tausend Dank, Sie lieber, guter Herr Gerichtsvollzieher." — —

So waren sie also endlich aus diesem Jammerthal erlöst, der Alte und sein alter Hund.